冰雪情缘

胡楚鹍 ◎ 著

人民日报出版社

图书在版编目（CIP）数据

冰雪情缘 / 胡楚鹏著 . —北京：人民日报出版社，
2023.2
ISBN 978-7-5115-6873-1

Ⅰ.①冰… Ⅱ.①胡… Ⅲ.①长篇小说—中国—当代
Ⅳ.①I247.5

中国版本图书馆 CIP 数据核字（2020）第 266789 号

书　　名：冰雪情缘
　　　　　BING XUE QING YUAN
作　　者：胡楚鹏

出 版 人：刘华新
责任编辑：周海燕

出版发行：人民日报出版社
社　　址：北京金台西路 2 号
邮政编码：100733
发行热线：(010) 65369509　65369527　65369846　65369512
邮购热线：(010) 65369530　65363527
编辑热线：(010) 65369518
网　　址：www.peopledailypress.com
经　　销：新华书店
印　　刷：三河市华东印刷有限公司
法律顾问：北京科宇律师事务所　010-83622312

开　　本：710mm×1000mm　1/16
字　　数：156 千字
印　　张：14
版次印次：2023 年 2 月第 1 版　　2023 年 2 月第 1 次印刷

书　　号：ISBN 978-7-5115-6873-1
定　　价：75.00 元

前　言

　　我的长篇处女作《风雨情爱》出版后，一位尊敬的学长甚喜，为之写了评论，并嘱我写出姊妹篇，我应诺了，但迟迟没有提笔。历经几年，我倒出了生活所积，才开始酝酿构思，待有了初坯，才动笔。

　　我这老朽，不是废寝忘食地苦写，而是如品茶般地慢慢乐写。一位作家说："人们认为作家会写，其实作家最主要的是会想。"我想的时间比写的时间多。我一天只写几百字，务期不出营养枝蔓，力求字斟句酌，力求以最少的文字表达最多的内容，仅十几万字就完稿了。我所写的纯属虚构，但这是生活所积的厚土的生发。

　　有一位著名作家说："作家不能只写现实是什么样的，更要写现实应该是什么样的。"他认为无论社会如何变化，时代怎么变迁，都要努力做一个好人。他主张写好人。我也有此意，我力求写好人，写出人的最美的心灵，写出人与人之间的冰清玉洁的情感，以飨读者。

　　一位教授、作家（我昔日的学生）于 2018 年 9 月将我这初稿以电子邮件发给了一位资深出版人审阅。那位先生看后说："我总的感觉是：这部小说情节十分曲折，形象十分鲜明，文辞十分优美，具有厚重的历史积淀，具有很强的思想内涵，具有很高的文学艺术价值。"我非名人，他不会有意吹拍；我又非他的熟人，他毋庸碍于情面溢美，他所说的应该是实话。这一好评，激励我有了"更进一步"之想。于是，我潜心几次打磨加工，直至2022年初夏才定稿。

当然，一部作品写得如何，不能仅凭一人之言，而要交给广大读者和评论家去评定，还要交给时间，久经时间波涛的冲洗，才能现出是何物，是泥是沙还是金。

区区几百字，羞作为序，聊当前言。

胡楚鸥
写于 2022 年 4 月

●●●●● 目录

一

乌云，有如千军万马奔腾，顷刻就占领了整个天空；闪电，把夜幕掀起，撕得粉碎；霹雳，訇然巨响，将百年古樟斩断劈开；狂风，所向披靡，墙坍垣塌。云电雷风这四员大将冲锋在前，暴雨元帅接踵上阵，瓢泼倾盆，山洪暴发，河水陡涨。

这样的闪电雷鸣，这样的暴风骤雨，罕见啊，实在罕见！大概也是"史无前例"吧！

在这风雨交加的北安县茶林公社江边大队的柳河之畔，一位花容月貌的妙龄女郎孑然一人，双膝跪在地上，两眼呆呆地望着陡涨澎湃的河水，泪如泉涌。此刻，她的心境是天崩地裂，一切无存。她的内心痛苦之极，似乎五脏六腑处处都有针刺刀割；她的内心悲伤至极，好像一生的悲伤甚至来生的悲伤都于斯聚集在心中。

此女子是谁？她名叫叶雪梅，是江边大队叶运鸿之女。

这是"史无前例"的"文化大革命"的第二个年头的夏天，荒谬丛生。

江边大队有一个当过教师的周有为，家为地主成分，1957年又戴上了"右派"帽子。他在理县当教师的女儿和女婿因家庭成分不好遭了殃。理县的这种无法无天之风很快刮到了北安县。昨日江边大队的造反派头头刘大元得知这一消息后，立刻带头处死了周有为；今日傍晚抓到他的儿子周冰松，用绳索捆绑了手脚，在这特大狂风暴雨中将其就像抛石头一般抛到了柳河之中。

叶雪梅赶集回家得知周冰松的死讯后，冒着狂风暴雨跑到柳河边。她无惧那交加的狂风暴雨的吹打！狂风呀，你再飙疾一些吧，好吹散世上的罪戾，吹散她胸怀的沉痛！暴雨呀，你再滂沱一些吧，好冲洗人间的灾难，冲洗她心中的悲伤！

天啊，你可知道周冰松遭难，叶雪梅为何如此痛不欲生吗？

二

周、叶两家是和睦邻居。周冰松与叶雪梅同年出生。他俩从小就玩耍在一起，什么摆酒酒、煮灰饭、跳格子、滚弹子……谁也离不开谁；大一点后，他俩就一起打猪草、摸鱼捞虾、游泳戏水，学习吹箫；再后来，他俩就一起上学读书。当年，周有为带七岁的儿子周冰松入学时，七岁就显露出性格要强的叶雪梅不是跟在周冰松的后面走去报名入学，而是反宾为主，赶紧跑到周冰松的前面，成了周冰松走在后面跟着她报名入学。

这形影不离的二人，同在一个班启蒙读书。在小学的六年，他俩依然如孩提时一样亲密无间，情同手足。读完了小学，他俩都以优异的成绩考上了初中，又在同一个班读书。

随着年龄的增长，他俩之间的亲密逐渐有别于幼小时的亲密了，似乎那情感的枝上长出了新芽，彼此萌发了爱慕之情。到了初中三年级时，从他俩的眼角眉梢中，可以看出那爱慕的新芽长得粗壮了。

他俩初中毕业是 1963 年，叶雪梅考上了高中，学业成绩优异的周冰松却名落孙山。原因是周冰松的祖父是地主，父亲是右派，这样的政审关卡过不去。这对渴望读高中上大学向科学高峰攀登的周冰松来说，无疑是晴天霹雳。他感到绝望，觉得在他的人生道路上，突然发生了强烈的地震，前途断裂深陷，使他无法跨越。他痛苦地躺在床上，三昼三夜不进水米。

叶雪梅得知周冰松落榜的消息后，比自己落榜还要痛苦，但周冰松三昼三夜躺在床上绝食，她只好打起精神守着他，安慰他，要他坚强，要不畏坎坷的人生路。

三昼三夜后，周冰松终于爬起床来，接过叶雪梅手中的食物吃起来。周冰松如同他的名字一样，从小就有一股青松傲冰雪的坚强性格，他说："雪梅，我想了这三个昼夜想通了，我不能这样一蹶不振，你放心吧！条条道路通罗马，我下定决心，走自学成才之路！"他又如往常一样，白天同叶雪梅一起出集体工，夜晚同叶雪梅一起点灯看书解题。偶尔，还能听到他俩吹的那悠扬婉转的箫声。

时间来到九月，新学期开始了，新生入学了，叶雪梅见周冰松不能入学，她也不肯入学。她不听父母的劝导，态度硬得很，似乎脑子里结了冰，坚决不入学。

周冰松落榜绝食时，叶雪梅守护了他三昼三夜。这时，叶雪梅死活不入学，一礼还一拜，周冰松劝了她三昼三夜。

周冰松说："我上不了高中，这是没办法的事；你能上高中而不上，这是愚蠢之为。一个人掉在井里还不够，还要两个人都掉到井里去？"

"我高兴一起掉到井里有伴，不愿只雁飞在蓝天无侣。"叶雪梅答道。

周冰松说："你走读高中上大学成才之路，我走自学攀登科学

3

山峰之路，我们殊途同归吧！"

"我喜欢相伴同道而行，你我一起走自学之路吧！"叶雪梅答道。

…… ……

前两天，周冰松的千言万语始终不能升温融化叶雪梅脑子里的那块坚冰。第三天，周冰松说："师者，所以传道受业解惑也。有老师的教导，求学之路要平坦许多，少走弯路；没有教师教导的自学之路，无疑要坎坷许多，要付出更多的心血和汗水。你要想到，你读高中不但有利于你成才，而且也会为我在自学的路上披荆斩棘。你可以将你的学习资料提供给我，你还可以把老师对你的教导转教给我，为我析疑解难。这样，我就可以成为未进校门的半个学生。"这一席话终于切中肯綮，内蕴之热终于融化了叶雪梅头脑中的冰块，答应了入学读高中。

光阴荏苒，时至1966年5月，叶雪梅即将高中毕业，正雄心勃勃，跃跃欲试参加跨进大学殿堂的高考之时，中国发生"文化大革命"，荒诞之事迭出，至于废除高考使叶雪梅进大学深造的美梦破灭，就显得微不足道了。

而今在这"史无前例"的第二年，周冰松被投河处决，叶雪梅赶集回家得知后，冒着狂风暴雨跑到河边，面对那陡涨汹涌而下的河水，她知道一切都完了，痛不欲生。

这个二十岁的情爱满腔的女子，对两小无猜、青梅竹马的周冰松心仪之至。周冰松不但面目清秀、身材高挑，更有着正直诚实的人品和敏捷聪慧的头脑。她一见到他的身影，胸中就有一股暖流萦绕；她一听到他的声音，心里就泛起蜜意柔情。爱屋及乌，即使是一支他用旧了的钢笔，或者是用过的半截铅笔，她都视为可爱之物。

他如一块巨大的磁石，有极强的引力吸引着她。在她的心目中，他伟岸英俊，忠厚聪慧，完美无瑕，是为称心的白马王子，决意以身相许。

谁知横祸突发，周冰松竟遭此难，怎不令她肝肠寸断！她先是跪在河边，后来支撑不住了，就坐在地上；坐着也无力了，她就躺在沙滩上。

狂风依然怒吼，暴雨依然如注，她任凭风吹雨淋，置一切于不顾。

三

当叶运鸿跑到柳河边找到女儿叶雪梅时，叶雪梅已经昏迷过去了。父亲把女儿抱回家，母亲蒋雅云含泪给女儿换上干衣裳，平卧于床，盖上厚厚的棉被。接着，在床前烧起稻草给她祛风寒。半小时后，叶雪梅才苏醒过来，母亲赶快将熬好的生姜、葱白汤，用调羹喂给她吃。

父亲和母亲守坐在床边，都想劝女儿几句，但搜肠刮肚找不到合适的话语，张不开口。叫女儿莫悲伤吧，遇到这样的事谁能做得到不悲伤呢？叫女儿看开一些吧，遇到这样的事谁能看得开呢？

其实，他俩心中也有难以化解的伤痛。周有为是他俩的友好邻居，其子周冰松从小聪慧喜人，他俩爱如己出，后来又成了女儿的意中人，他俩暗自欣喜，看成是难得的未来东床快婿，而今这父子俩就这样罹难，他俩怎不悲痛满腔！

他俩无言劝慰女儿，只好不断长吁短叹。

叶雪梅吃下生姜、葱白汤后，身体有了好转。父亲见女儿脸上有了血色，紧蹙的双眉松开了一些；母亲摸到女儿的手脚不再那么冰凉了，心也宽舒了几分。

时到三更，风声小了，雨声也小了，大地沉睡了，寂静了。

在这让人暂时透过气来得到片刻安宁的时刻，白天胆战心惊的叶运鸿夫妇依然余悸满腔。那没有一丝一毫人性的杀戮场面，怎么也抹不掉，忘不了！

这是什么世道？这样下去怎么得了？这样的日子怎么过下去？……无数不解的疑问在他俩的脑子里翻腾，恐惧、彷徨在他俩的心中萦绕，不时发出无奈的叹息。

落寞无声，万籁俱寂，唯有缕缕哽咽之声不绝于耳。这悲切凄凉的哭声来自叶运鸿室内的红薯地窖之中。原来刘大元带领一班人抓到周冰松后，还企图抓到其母蒋秀琴一同处决，叶运鸿和蒋雅云赶快将她藏到了红薯窖里。

蒋秀琴与蒋雅云同年同月出生于隔壁的两家，从小就一起玩耍，一起打猪草、捡柴禾，又同窗读书三年，亲如姐妹，形影不离。

她俩的性格都属温厚型的，对人温和厚道。但比较起来，蒋秀琴温厚多柔，人软她不软，人硬她不硬，遇人无理，能让三分；蒋雅云温厚多刚，人软她更软，人硬她更硬，遇人无理，针锋相对。正因如此，大二十天出生的蒋秀琴能谦让蒋雅云，令蒋雅云感动，对蒋秀琴更亲近。

这两人缘分深厚，在娘家是隔壁两小无猜的邻居，而所嫁的婆家又是一墙之隔的邻居，两人又能形影相随，彼此关照，心心相印，亲密无间。所以，当蒋秀琴有难，蒋雅云夫妇毅然不怕连累将她藏了起来。

这蒋秀琴的遭遇实在悲惨至极，先是女儿女婿遇难，后是丈夫和儿子遭殃。人间还有比这更悲的悲剧吗？这怎能不叫她肝肠寸断？哭诉无门，她泣不成声。

听到蒋秀琴那悲切的哽咽之声，叶运鸿夫妇也心如刀割，泪如泉涌。

这两天，叶运鸿夫妇都处于心惊胆战之中，未曾合眼，时近五更，他俩伏案入睡了。不到半个钟头，他俩就惊醒了，抬头见床上空空如也，女儿不见了。

四

女儿去哪儿了呢？叶运鸿听人说她气冲冲地跑到刘大元家，没见到刘大元，就将他家的钯锅、鼎锅砸烂后就走了。叶运鸿想了想，他懂得女儿的心思，决定沿柳河往下走去找女儿。

昨晚那似乎为人间抱不平的暴风骤雨停了，盛夏的烈日悬空逞威。柳河浊水横溢，汹涌而下。

叶运鸿似仍失魂落魄，沉痛万分，虽是寻找女儿，却满腹思念的是周冰松，活生生的人竟被沉河处死。一个才刚刚二十岁的年轻生命就这样成了冤魂！

随着行走的脚步，近十年一堆堆难解的疙瘩积聚在他的脑海里，像一张无形的迷惑之网牢牢地宠罩着他，一切都叫他迷惑不解。他感到一切不可思议，只好不去思议，只管走他的路。他强迫自己静下心来，一边走一边仔细地察看寻觅，希望看到周冰松的一点什么。能看到一点什么呢？他也不知道。

人们往往在无能而无奈的时候，幻想出现奇迹，竟如自己所愿。他幻想出现奇迹，出现那难能出现却竟然出现的奇迹！

柳河之水经过弯弯曲曲的二十余里的河床，才流入潇江。

叶运鸿沿着柳河边一直走到柳河汇入潇江的河口处，还是没发现有关周冰松的一丁半点痕迹，也不见女儿的身影。他深深地叹了一口气，在那河口边呆呆地坐了一阵，又打起精神沿着潇江下行，走了十来里路，来到"盼夫石"边。

这潇江畔的"盼夫石"，粗看是一座独立高耸的岩石，但仔细地加以想象地去看，它是一位高高挺立、头上盘着发髻的女士，泪流满面，翘首极目，殷殷遥望。

这是一个古老动人的传说。在远古之时，外敌入侵，国王征召壮丁入伍御敌，一位结婚才三天的新郎爱国心切，决定应征，而新娘也深明大义，送夫从军。她燕尔之情绵绵，送了一程又一程，一直送到潇江之滨才止步。依依分别之际，约定夫君凯旋时，她到此相迎。夫君从军离家后，她白天耕作，晚上编织，辛勤持家，孝奉公婆。夫君一去杳无音信，她每年中秋、重阳、春节都到这潇江畔，肃立远眺，盼望看到夫君回家的身影。日月荏苒，年复一年，耄耋公婆辞世了，她也满头银发了，还是不见夫君返回。于是，她沐浴洁身，更衣梳妆，走到潇江边，凝神伫立，翘望远方，涕泪俱下，祈盼夫君归来。她不吃不喝，饱经风吹雨淋、日晒霜打、雪寒冰冻。不知过了多久，这位痴情女子化成为石头，矗立于此。后来，有一知情的文人雅士将其取名为"盼夫石"。

叶雪梅小时候特别爱听传说故事，她的奶奶常给她讲《二十四孝》，讲《牛郎织女》，讲《梁山伯与祝英台》，讲《王宝钏》，讲《珍珠塔》……对于"盼夫石"的凄美传说，幼小的雪梅不但要奶奶讲给她听，还要奶奶拄着拐棍，迈开《三寸金莲》，带她去"盼夫石"处看。奶奶指着那"盼夫石"说："孙女呀，你看她站在那里，两眼望着远方，满脸都是泪痕，多么盼望她的丈夫平安回家啊！"小雪梅按照奶奶的指点看呀看，愈看愈如奶奶所说，那黑溜溜的眼里噙满了泪水。回到家里，小雪梅动情地把这个"盼夫石"的传说讲给周冰松听了，还带周冰松到此玩耍。

叶运鸿满以为女儿会在这"盼夫石"处，然而，这里也没有女儿的踪影。女儿到底去哪里了呢？他思绪纷乱，不知所措。

太阳西斜了，他只好叹气连天，无奈地往回走。

五

叶运鸿到家没多久，刘大元就领着几个造反派骨干分子，气势汹汹地闯进家来了。

叶运鸿未等到刘大元开口说话，就说："雪梅打烂了你家的钯锅鼎锅，我赔……"

刘大元不等叶运鸿把话说完，抢着说："运鸿叔，雪梅砸了我家的锅鼎是小事，我不计较，我不要你赔。蒋秀琴哪去了？肯定是你家把她藏起来了，你赶快交出来吧！"

"刘大元，你怎么能肯定我把蒋秀琴藏起来了，你有证据吗？不要无理取闹！"

"运鸿叔，你是贫农，要有阶级觉悟，不要窝藏阶级敌人！"

"你刘大元胡乱杀人，无法无天，那也叫阶级觉悟高？"

"运鸿叔，你要明白，对阶级敌人不留情，不手软，这就是阶级觉悟高。"

"刘大元，你要明白，还是有党纪国法的，你们这样胡作非为，是违法的，是伤天害理的。"

"运鸿叔，我不同你争议大是大非问题。人肯定在你家里，请你交出来，不交出来是不行的。"

"刘大元，我告诉你实话，人是在我屋里，我是决不交出来的！"叶运鸿心中的怒火燃烧起来了，毫无顾忌地说。

"你呀，蜕化变质了，公然窝藏阶级敌人。你不交出来，一切后果自负！"刘大元见叶运鸿的话越来越硬了，他也把造反派的威风抖了出来。

他之所以不计较叶雪梅砸了他家的锅鼎，之所以在前面每说一句话都冠上"运鸿叔"的尊称，他是有私心的。他对叶雪梅早有企图，是不想得罪叶运鸿的。但这种对抗性的话白热化了，他觉得他必须坚定他的立场，把"运鸿叔"的称呼改成了"你呀"。

"我愿负一切后果！"

"你负不起。——你不交，我们搜！"

"谁敢进我的房门，我拼了这条命，要他脑壳开花！"

"我们造反派天不怕地不怕，哪会怕脑壳开花！大家跟我上！"刘大元边说边带头往里冲。

叶运鸿顺手把身边的一把锄头抓在手里，高高举起朝冲过来的刘大元打去，好险啊，那锄头将要落到刘大元的头顶，就要出人命了，幸亏蒋秀琴突然冲了出来，拼命地抢住了叶运鸿手中的锄头。她上气不接下气地哭诉说："刚才你们讲的话我都听到了，反正我也不想活了。我的丈夫、儿女都被杀了，我孤苦一人活着还有什么意思，任凭你们杀也好，剐也好。我只有一个要求，不要牵连叶家，是我躲进叶家的，不是叶家藏我的。"

刘大元原以为叶运鸿说话是吓人的，哪晓得那锄头真的朝他打过来了，吓得他直冒冷汗，多亏蒋秀琴救了他一命。但他并不因此而放过蒋秀琴，他点名两人要把蒋秀琴捆起来处死，而他自己与另两人欲将叶运鸿抓起来治罪。叶运鸿像困兽一样，欲与刘大元决斗；蒋雅云拼命护着蒋秀琴，不许造反派捆她。

正在双方敌对不可开交之时，公社一造反派头目赶来了，凑近刘大元耳语了一句，立即面对众人命令似地说了一句"弟兄们，跟我去开会。"于是就领着他们那些人走了。

这场险恶之剧至此有惊无险，但还留下了两大疑问：一是不知叶运鸿今日为何竟有如此刚烈仗义之举？二是不知那公社造反派头目今日为何制止刘大元滥杀无辜？

六

冰冻三尺非一日之寒，叶运鸿的刚烈仗义欲行凶之为，并非一时的冲动。身材中等而结实、两眼透出精明和耿直之神的他，性格可概括为正直厚道，刚柔相济。随着阅历的增多，他的性格也有所变化，这主要表现在刚柔二字上。世上有些人事太巧合了，蒋雅云与蒋秀琴同年同月出生于一墙之隔的两家，而叶运鸿与周有为也是同年同月出生于隔壁的两家。叶运鸿比周有为先十五天出生，周有为叫他"鸿哥"，他叫周有为"为弟"。他与周有为是光着屁股耍大的，知根知底。

1957 年，周有为应召提了一些"外行不能领导内行"之类的意见，被划为"右派"，清出教师队伍，回乡劳动改造。叶运鸿认为他提意见是善意的，蒙冤了，心生不平。虽然，叶运鸿性格中的"柔"叫他忍了下来，但是他性格中的"刚"增加了。

"大跃进"时虚报浮夸，他把"胡说八道"这四个字咽到肚子里。他懂得蚍蜉撼不动大树，只有忍，做哑巴，但性格中的"刚"反而增多了。

"反右倾"时，他见那些坚持是黑不说是白、是白不说是黑的公社干部挨批斗了、下台了，又使他的性格更"刚"。

如今，这"文革"是非混淆，周有为父子俩无辜被处死，他十几年积蓄的"刚烈"盈胸，激起了洪波巨浪。他忍无可忍，觉得不能再麻木了，与其做行尸走肉偷生，倒不如仗义刚烈地死去。他真的是想那一锄头要了刘大元的命，然后把自己的命赔出去。

而公社那位造反派头目之所以制止刘大元抓人杀人，是因为理县掀起的滥杀风波被上头知道了，下了禁令。

七

月落日出，又是新的一天。

叶运鸿得知那惨无人道的滥杀之风停息了，不禁百感交集。他既痛惜周有为父子成了冤魂，也庆幸蒋秀琴躲过了一劫，留下了一条生命。人死不能复生，对于死者周家父子，他只好无奈地沉痛叹息；对于活着的蒋秀琴，他万分怜悯同情，深知蒋雅云同她亲如姐妹，会悉心关照她，他甚为欣慰。此刻，他思虑的是女儿雪梅，不知她在何方，怎样了！

叶运鸿正准备外出寻找女儿，一对母女把雪梅送回来了。

原来昨天叶雪梅沿着柳河岸而下，寻觅周冰松的踪迹，一直走到柳河汇入潇江的河口，一无所获，大失所望，但她不甘心，依然希望出现奇迹。她望着汹涌而下的河水痴呆呆地坐了一阵，又沿潇江蹒跚下行，来到"盼夫石"边。在此，她仍然无一获得，不得不沉思细想，虽然周冰松水性极好，但有绳索五花大绑于手脚，他还能怎样呢？谁都清楚这个答案，她彻底地无望了，幻想破灭了。她抬头凝视那满面泪痕极目遥望夫君归来的"盼夫石"，记起奶奶讲的凄美的神话传说，联想到周冰松的遭遇，而今又寻觅不到有关他的一丝一缕的踪迹，心中淤积的悲痛波涛澎湃。

她仰天嚎啕痛哭起来，哭了一阵又一阵，哭得眼泪流干了，哭得声带嘶哑了，哭得精疲力竭了。此刻，她深感身陷喊天天不应、喊地地不闻的境地，无助至极，思前想后，她绝望了，竭力奔到江边，大喊"冰松，我随你来了"，纵身投江。

浩浩潇江之水滚滚而下，眼看叶雪梅沉溺其中，碰巧一渔夫到此捕鱼。这个五十多岁的渔夫，姓王名恩宏，水性极好，又有菩萨心肠，已在此潇江急流之中救出了十多名落水者，被尊称为"王恩公"。这天，他见到浩荡水中有一人头时沉时浮，就立即潜游江中施救。

这位好心的王恩公把叶雪梅救了出来，见她虽处于昏迷之中，但尚有呼吸，就赶快将她背在肩上，让她把水吐了出来，然后将她背回家里。

真是好人成双，王恩公的夫人也有一副慈悲心肠，赶快叫她年满十八岁的女儿秋菊拿出衣服给叶雪梅换上，搀扶到床上躺着，盖上被子。叶雪梅畏寒怕冷，浑身颤抖，她叫女儿伴睡在叶雪梅身边，为其暖身。在母女俩的精心护理下，叶雪梅的身体好转了，哭出了声，流出了泪。慈眉喜目的她好言抚慰了一阵，就去熬好姜汤，端到床边，叫女儿扶叶雪梅坐起来，自己亲手一调羹一调羹地喂给叶雪梅吃。随后，她又煮了面条给叶雪梅吃。叶雪梅吃了姜汤和面条后，睁开那含着泪水的明眸瞧着王伯母，深深感恩地说："再生之恩何以回报！"王伯母赶紧说："姑娘，不必这样说！"她慈祥地用手巾给叶雪梅拭泪，端详着叶雪梅。至此，她才看清了叶雪梅的容貌：柳眉、杏眼、樱桃唇、鹅蛋脸。她不禁心里惊叹：世上怎会有如此的美人！这时，她觉得丈夫今日救出了这位绝代佳人，实在太有功德了！她又想：这位倩丽妙龄女郎，为何竟要轻生呢？她觉得不可思议，就试探地问了问，只见叶雪梅两眼泪如泉涌而不启齿，就不再追问了。这一夜，母女俩一直服侍着叶雪梅。

天亮了，叶雪梅高烧不止，这母女俩本想请医师把她的病治好了，再送她回家，但考虑她的父母不知她的下落定是着急，就问清了她家的地址，立即把她送回家来了。

八

叶雪梅见到父母，扑到跟前，抱着父母痛哭起来，犹如开闸之水，无法止息。是啊，她有太多的痛苦要向父母哭出来！自己深爱的人突然罹难，这一晴天霹雳给她造成的痛苦之多，车船都难以装下。这种心头巨痛，向父母哪能哭尽！而自己投江轻生之举，虽能如愿殉情，但丢下了养育自己的父母，留给他们无穷的悲痛。要是没有王恩公施救，就永远与父母阴阳相隔了。此刻，她对父母的愧疚之情也难以哭尽啊！

叶雪梅与父母哭成一团，王家母女也在一旁陪泪。许久后，细心的叶运鸿才想到只顾哭，冷落了王家母女。他破涕为笑，热情招待王家母女，道尽感激之情，恳切留她们共进午餐。王家母女叫叶运鸿赶快拿药给女儿退烧，她俩要即刻告辞回家。临别时，叶雪梅跪在王伯母膝下，深表对其救命之恩的谢意。

王家母女走后，叶运鸿立即外出请医师给女儿看病，蒋雅云劝慰女儿，扶她进卧室休息。

刚进卧室，蒋秀琴边哭边走进来了。叶雪梅抱着她又暴风骤雨般痛哭起来了。她面见早就认定的婆婆，更有哭不尽的情，流不完的泪。含苞待放的并蒂之莲，如今一朵遭掐；正待明日比翼双飞之雁，如今一雁命丧，美好梦想的花瓶破碎了，憧憬幸福的未来化为了乌有，心中的悲痛堆积如山哭不完，满腹辛酸的泪如江水流不尽。蒋秀琴突然遭丈夫儿女接连遇害的厄运，留下她孤苦一人，何尝不五内俱崩，此刻见到心仪的准儿媳，自然也要把心中无尽的悲痛哭出来。

蒋雅云见女儿同蒋秀琴嚎啕痛哭，自己在一旁涕泪双流。她不去相劝，她懂得女儿和蒋秀琴满腔的悲痛已到了非哭出来不可的地步，她要让她俩把心中之痛都哭出来。她的心中也淤积着一潭苦水，此刻也想倒出来，但她想到不能在此"火上浇油"，就抽脚到别处，独自一人哭去了。

直到叶运鸿请来了医师给叶雪梅看病，这场暴雨般的哭泣才止息。蒋秀琴服侍叶雪梅吃下退烧药，陪伴在旁不愿离去。叶雪梅觉得哭了这一阵，心里舒服了一些。她心中有一火车的话要向蒋秀琴倾吐，此时却无力也无心说。但是，她要把心中最想说和最要说的话即刻说出来。

她拉着蒋秀琴的手，动情地呼喊了一声"妈"。平日里，她称呼蒋秀琴为"伯妈"，今日改口为"妈"，这深意蒋秀琴是清楚的。她想到自己的儿子冰松已不在人世了，哪还能得到雪梅这个好儿媳呢！于是，她泣不成声地说："我没有这份福气了啊！"

叶雪梅用手指将整好长发，抬头庄重地说："妈，我同冰松的情感是生死不渝的，他虽人不在了，但他的灵魂会永远伴着我的，他永远活在我的心中，我要从他而终，别无他念。我永远是你的儿媳，你永远是我的妈妈。冰松的孝心，我要代行。从今以后，我要同你吃住在一起，悉心孝敬你！"

蒋秀琴听到叶雪梅这番话，涕泪滂沱不止。

九

这几天，蒋秀琴吃在叶家，宿在叶家。白天，蒋雅云为她做饭菜吃，夜晚，蒋雅云陪伴她睡，可谓关照体贴入微。今天，叶雪梅感冒发烧已愈，就对母亲说让她陪伴蒋秀琴睡，得到了母亲的同意。

入夜，叶雪梅陪着蒋秀琴走进自己的房间，接着打了一盆热水给蒋秀琴洗了脚后，两人就在一张床上睡下了。她安慰蒋秀琴，讲了一些终生孝敬她的话后，由于这几天的过度疲惫，不知不觉入睡了。

蒋秀琴有满腹心事，没有一点睡意。她反反复复想到大祸临头，丈夫、儿子、女儿、女婿都离她而去了，留下她孤苦一人，她活着还有意思吗？人虽有"宁愿世上挨，不愿土里埋"的恋生本性，但她觉得她孤独，只身装着烙在心中无尽的悲痛活着，倒不如死去失去知觉，万事皆休。如此之外，她还想到她活着还要连累叶家。好姐妹蒋雅云无疑会对她亲热关照，就会招致敌我不分的闲言碎语。尤其是听了叶雪梅要替冰松尽孝终生的话后，她更要死去。她不愿拖累叶雪梅，她希望年轻的叶雪梅在她死后无挂无牵，拥有新的生活，新的幸福。思前想后，她下定了决心，待叶雪梅酣眠后，就轻手轻脚爬起床。为了避免叶雪梅醒过来，她不开灯，只亮起手电筒，在叶雪梅的桌上找到纸和笔，写下几句话，就走出去了。

叶雪梅突然从噩梦中惊醒，发现"妈妈"已不在床上，就赶快爬起床。她亮起灯，见桌上有一张字条：

> 雪梅，你的一片孝心我心领了，满足了，但我不能拖累你，不愿毁了你的一生。你年轻，应该有新的美满幸福，这是我的愿望，我相信这也是深深爱你的冰松的愿望。切记莫违！妈妈绝笔

叶雪梅看了字条，心惊肉跳，立即叫醒爸妈去寻找蒋秀琴。他们在自己家里找不到，就赶紧到周家找。在周家的柴房里，他们发现蒋秀琴已悬空而挂。蒋雅云见状魂飞魄散，哭了起来。叶运鸿在惊恐之中没乱方寸，赶快将蒋秀琴抱了下来，平放在地上。叶雪梅虽吓得魂不附体，但头脑里还有几分冷静，知道务必抓紧时间抢救。她懂得一些抢救知识和方法，见蒋秀琴呼吸停止了，就立即做人工呼吸。因发现和抢救及时，蒋秀琴死而复生。

蒋秀琴活过来以后，蒋雅云母女俩寸步不离地守护她，劝慰她。可是，她依然想不开，还是想寻短路。她说："想死是我的不治之症，死是我最好的出路，你们不必枉费口舌！"但是，性格执着的叶雪梅决心非治好她的绝症不可。她先说了好多劝慰的话，有如开了好几个药方，但都无效。聪明的她最后开了一个陡方，用了一剂猛药。她对蒋秀琴斩钉截铁地说："妈，你不愿在人间让我尽孝，那我只好紧跟你到阴间尽孝！我对天发誓，说到做到，你信不信？"

蒋秀琴深知叶雪梅执着而刚烈的性格，完全相信叶雪梅一定会说到做到的，于是抱着叶雪梅泪流满面说："雪梅，我的儿呀，我

答应你，我不为自己活，也得为你活下去！"

"妈，你也要说到做到！"叶雪梅紧抱蒋秀琴哭着说。

蒋秀琴爱抚地用手指揩掉叶雪梅脸上的泪水，说："我的儿，我的心肝，我一定说到做到，绝不食言！"

叶雪梅的这剂猛药，终于断了蒋秀琴轻生求死的病根。

十

蒋秀琴在叶家吃住了几天后，决意不再拖累叶家，要回自己的家里去吃住，叶运鸿和蒋雅云怎么也劝留不住，叶雪梅同父母商量好，让她到周家去陪伴蒋秀琴。可是，蒋秀琴坚决不同意叶雪梅到她家同她一起生活，与叶雪梅争辩起来。

"雪梅，你父母生你和你哥哥一对儿女，如今你哥哥参军在部队，你父母身边仅你这个女儿，你怎么能离开他们同我在一起？没有这个道理。"

"妈，怎么没有这个道理？女儿总是要出嫁离开娘家到婆家的。"

"雪梅，你不要这样说。你的父母需要你！"

"妈呀，我父母两人生活，能相互照顾；你——我的婆婆一个人生活，更需要我这个儿媳！"

"雪梅，我讲不过你，但我就是不同意你离开你的父母！"

"妈，我们叶周两家仅一墙之隔，我虽不同我父母吃住，但仍在他俩的眼皮子下，他们看得见我，喊得应我。有什么事找我，一喊就能到的呀！"

……

蒋秀琴费尽口舌，也辩不过叶雪梅，只得感激得老泪纵横，接纳叶雪梅孝敬的心意。

叶雪梅要到生产队出集体工，蒋秀琴沉浸在极度悲痛之中，既无心也无力出集体工，她总想把家里的事揽到自己的手上去做。可是，自定为蒋秀琴儿媳的叶雪梅，同情和怜悯婆婆仍有满腹悲痛，一切事都想自己去做。因此，家里的事，总互相抢着去做，或是两人同时做。

这天天黑了，叶雪梅才收工回家，吃了饭，洗了澡，感到很累，就倒在床上睡了，打算将要洗的衣服凌晨再洗。哪晓得第二天天才蒙蒙亮，她爬起床去洗衣服，而要洗的衣服却不见了。原来，头天她睡了之后，蒋秀琴见她的衣服没洗，就赶快给她洗了。

叶雪梅对蒋秀琴说："妈，我同你一起生活，是想侍奉你，你倒好，为我洗衣，为我服务了！"

"雪梅，洗衣这类轻巧事，你让我做点，我痛快，我乐意！"蒋秀琴讲得情真意切。

一天中午，叶雪梅收工回家，见蒋秀琴正在厨房煮菜。天气很热，厨房里的温度很高，她怕婆婆中暑，就赶快进厨房抢过锅铲煮菜，逼着婆婆到外面乘凉。

叶雪梅把煮好的菜端到堂屋的桌上，又进厨房盛了两碗饭出来，然后叫婆婆吃中饭。她俩相对而坐，不约而同地先夹一筷子菜吃。这菜一入口，两人都笑了起来。

叶雪梅认错似的说："妈，我不知你已经放了盐，我又放了盐，太咸了啊！我应该先问你是否放了盐。"

蒋秀琴想到叶雪梅生怕她在厨房里中暑，要她到外面纳凉，自己进厨房抢过锅铲煮菜的一片孝心，动情地说："是太咸了。可是我感到口里是甜的，心里也是甜的。

<h2 style="text-align:center">十一</h2>

叶运鸿与周有为的情义胜过一奶同胞。周有为被处死，叶运鸿万箭穿心，怒火中烧。他顾不了造反派说他阶级觉悟低下和立场不稳，含泪为其收尸安葬。自上面禁止滥杀后，他更感到周有为死得太冤了，同情怜悯之心倍增。

这天傍晚，他收工回家，参加了"晚汇报"仪式，匆忙吃了一碗饭，就背起锄头和铁铲上山，去修整周有为的坟墓。生者能为死者做点什么呢？他想唯一能做的就是修建坟墓。他满含深情，干得汗流浃背，花了一个多小时，用黄土把坟堆加大垒高修整好了后，就叹了一口气，坐在坟前，遥想起父亲告诉他的关于叶周两家的往昔。

这一墙之隔的叶周两家，在他俩曾祖父时，叶家富有，周家贫寒。但是，到了他俩祖父手里，叶家田地一亩又一亩卖出，渐渐穷了，而周家田地一亩又一亩买进，渐渐富了。叶家致贫是因为叶运鸿的祖父胸无大志，好吃懒做，大抽鸦片；周家能富是因为周有为的祖父和父亲心有宏图，勤劳啬省。

周有为的祖父周光云虽是胸无点墨，但却聪明有才。他这个农民除了会干所有的农活之外，还能做木工和砌工。他并没有拜师学艺，师傅做工，他在旁边看一看就学会了，甚至工夫更精，还有所创造。他家修建房屋，既不要请木匠师傅，也不要请砌匠师傅，全靠他自己一双手。

那个年代犁田，有牛的，用牛在前面拉犁，人在后面掌犁；没有牛的，做一个犁田架子，一个人在前面用肩拉，在后面掌犁的人要协助在前面拉的人，用肩往前推。聪明的周光云做出了只要一个人犁田的架子。耙田也一样，有牛的用牛在前拉耙，人在后面掌耙；没牛的同样需要两人耙。爱动脑筋的周光云又做出了只要一个人耙田的架子。

这种一个人犁田、耙田的架子，只省人却不省力，只有牛高马大、身强力壮的周光云自己乐意用，别人都不愿意用。村里有个酷爱养鱼的刘天成和周光云谈得来，对周光云说："老弟呀，做一个又省人又省力的架子就好了！"周光云把旱烟斗放到嘴里深深地吸一口，扬眉自得地说："老哥耶，我这个目不识丁的人，也只有这点能耐了！"

江边村临近柳河，那时柳河里鱼多，村里的人都喜欢下河捉鱼，特别是周光云，对捉鱼可以说达到酷爱的境界。他每年捉的鱼最多，村里人说他是捉鱼状元。他家捉鱼的工具十全，一年三百六十五天，他有两百多天的夜晚在柳河捉鱼。他捉的鱼多，而家人很少吃鱼。他把捉的鱼卖掉获得的钱，攒起来买田买地。

刘天成常对他说："老弟呀，我三口塘养鱼，天天割草给鱼吃，累死累活一年到头也就是一千多斤鱼，你不打草养鱼，一年到手的鱼却比我多多了！""老哥，说实话那是多一点，一年手气再差也有那两千多斤哩！"周光云吸一口旱烟，不无自豪地说。

周光云安慰自己算是一个能人，唯一苦恼的是自己没读一句书，是个光眼瞎子。每次买田地，写田地契约，他不识字，怕受骗上当，只好求他的一个识字的远房表侄帮忙把关。因此，他想到儿子周宏达不能像他一样没有一点文化。于是周宏达一满七岁，他就毅然花钱把他送到私塾里去读书。可是，读了两年书，他就不再花钱送儿子读书了。他认为儿子读了两年书，应该算得上是村里有文化的人了，像记账、写帖子、写契约之类的事应该能对付不需要求人了。

他为什么不让儿子读太多的书呢？他怕儿子书读多了，就不愿种田种地，张开文化羽翼，高飞远去。

他要把儿子培养成有两年书底子的能勤劳吃苦的多面手农民。他教儿子学浸种育秧，学犁田耙田，也教儿子学一点木工和砌工。他不要儿子精于木工和砌工，能做一些修理就可以了。

他夜晚总是带儿子到河里去捉鱼，他要培养儿子成为像他一样爱捉鱼胜过爱吃鱼的捉鱼迷。他认为夜晚下河捉鱼既不要花什么本钱，也不用占用白天干农活的时间，是挣钱发家的好路子。

他不要儿子精学木工和砌工，却要儿子精学缝工，他希望儿子做一个出众的裁缝师傅。他认为做裁缝师傅有四大好处：第一，做的是轻巧活，不需要累得汗流浃背；第二，不晒太阳，不淋雨，夏天炎热坐在当风凉爽的地方，冬天寒冷坐在室内，还可以带一个火箱生火取暖；第三，农忙时做农活，农闲时缝衣裳，不误农事；第四，寒冬腊月别人无事做闲着，但到了缝衣服的旺季，裁缝师傅有做不完的事。

他要求儿子以种田种地为主，以缝工为第二职业，农闲时有事做赚点钱。

　　同父亲一样牛高马大、身强体壮的周宏达，从早到晚总是忙得脚不停手不歇，似乎一身的力气不用出来会在身体里发胀不舒服。他完全接过了父亲的衣钵。他像父亲一样不怕苦不怕累，能一个人犁田和耙田；他像父亲一样痴迷夜晚下河捉鱼；他如父亲之愿成了一位心灵手巧的裁缝师傅，衣服缝得又快又好，别人争着请他到家里缝衣服。

　　在精打细算省吃俭用方面，他比父亲更上了几层楼，真是青出于蓝而胜于蓝。

　　当地的风俗是男客吃酒席，每一碗菜端上桌，一桌人就一起吃，是不捡包回去的；而女客吃酒席是要捡包回去的，每一碗菜端上桌，在座的八人中有一人站起来，将菜分给大家，各人将分得的菜吃一些，余下的打包回去拿给家人吃。因为这个原因，先前到亲戚朋友家吃酒席，周宏达总是自己不去要老婆去的。他认为老婆吃酒席能捡一个包回来一家人吃，划得来。但他觉得有一点吃了亏，就是老婆不能喝酒，如果是他去的话，可以喝上一两斤酒。于是，自周有为满了三岁后，他就不再要老婆到亲戚朋友家去吃酒席了，而是自己去。他到亲戚朋友家吃酒席，每一碗菜端出来，他只吃自己本份的四分之一，将四分之三留在碗里不吃了。别人问他为何不吃，他就笑着说："我这穷人养娇子，我那个儿了呀，每次我到外面吃酒席，他都要我留菜给他吃的。唉，搞成坏习惯了！"在酒席上他不多吃，只吃自己的那一份，不让人讨厌。吃完酒席剩下的菜，他也不要。要是有人对他说："你把那剩下的菜一起夹回去给你儿子吃吧！"他就笑着边夹边说："那我就贪点便宜夹回去给儿子吃。"他回到家里，亲自动手将留回家的菜一点一点地切细，能供家里吃上两天。

那个年代，他们村里的田种水稻，每苑禾务必注进草木灰才有收成，积累草木灰成了农家的一件要事。周宏达为了积聚草木灰，冬天寒冷，他每天早晨到别人家里缝衣服，总要带上一个空火钵的大火箱。一到别人家里，他的第一件事是把他的火箱的火钵装满草木灰，生起火，以便缝衣时烤脚取暖。缝了一天衣服，在别人家里吃了晚饭回家，他将自己的大火箱带回家，将火钵里的草木灰倒了出来。天天如此，一天积一火钵草木灰，积少成多。

他规定家里不得煮净米饭（净米饭就是纯粹用米而不掺和上一餐剩下的饭所煮出的饭）。每餐煮饭必须把米和前一餐剩下的饭一起煮：锅里下层是米，上层是剩饭。吃饭时将上层的饭吃掉，下层的饭留作下一餐和米再煮。这样每餐吃的都是煮了两次的饭。米煮两次，充分膨化，比煮一次的饭量要增多。若二两米煮一次是一碗饭，那么煮两次就会有一碗半饭。周宏达就是用这个办法让家人"省吃"的。

周宏达常常得意地自言自语说："一餐只要省下半斤米，一天三餐就是一斤半米，那么一个月就能省下四十五斤米哟！"

那时候，周宏达的脑子里就有了"瓜菜代"的概念，要家人多吃点蔬菜，少吃点饭。

待到叶运鸿和周有为出生时，叶家贫穷了，周家富裕了。可是，周有为的童年过得并不比叶运鸿好。叶家虽然穷了，但叶运鸿的童年还是有饱饭吃的；周家虽然富了，但周有为的童年连饭都吃不饱。

"肚子是一皮棕，越吃越松，不要胀饱了！"当小有为吃了一碗饭正想再盛一碗饭时，啬省至极一心只想买田发家的父亲，瞪大双眼训告说。

小有为听了父亲这话，眼里泪出了泪水。

"哭什么？茶洗聪明人，饭胀懵懂牯。这话，你懂不懂？"父亲提高声音补充一句。

父亲在家里至高无上，向来说一不二，小有为只好放下碗筷，母亲也不敢作声。

一天清晨，小有为悄悄对小运鸿说："鸿哥，昨晚我娘偷偷把了一坨锅巴给我吃。"他说得心花怒放，欣喜之情无以复加。从此，小有为常盼望得到母亲的恩赐。

大门口是鸿哥和为弟玩耍的地方。鸿哥常装一大碗饭拿到大门口去吃，趁无人看见时，叫为弟赶紧吃上几口。

穿的，为弟也不如鸿哥。如果比赛衣裤，以补丁多者赢，为弟会稳为赢家。为弟走亲戚，常借鸿哥的衣裤穿。

满了七岁，叶运鸿和周有为同时发蒙读书。满了十一岁，叶运鸿的父亲不准叶运鸿继续读书了。他脑子里装的是种田种地为大本的观点，要儿子学做农活了。可是，周有为父亲的脑子里有了新的想法，他不愿意他的儿子如同他那样天天面朝黄土背朝天累死累活的。他要花钱送儿子继续读书，把书读饱，把书读穿，将来手不再拿锄头把，而握笔杆子，做官发财，光宗耀祖。

但是，他这个人是既想吃孵蛋又想孵出小鸡的人，他不能只让儿子读书，不帮家里做事。每天早晨要儿子拾狗屎，每天夜里要儿子做些剁猪草一类的杂事。于是，年幼的周有为在上学到校和放学回家的路上是从不与人说话的，他要利用这往返的时间，记牢他在学校所学的东西。他晓得，回到家里，父亲总是把他做的事安排得满满的，他是没有一点时间拿起书本的。

这些驻扎在大脑营盘里的往事被叶运鸿调动出来，不禁心潮翻滚。他想童年连饭都难吃饱的周有为后来却背上了地主阶级的乌龟壳，再后来被划为"右派"。他想如果没有那个乌龟壳，他说那几句话是不会被划成"右派"的。如今，死于非命，成了冤魂野鬼。他觉得为弟的一生太不幸了，太吃亏了，太令他同情，太令他怜悯！

他又联想到他叶氏这一家。他的父亲曾经深深埋怨他的祖父把田一丘一丘卖掉，家里穷了下来。如今看来，他应该深深感谢他的祖父卖掉田地，不然他也要背上那倒霉的乌龟壳。

他百感交集，叹了一口长气，抬头仰望天空。天空是那样深邃，那样多变。他似乎突然感悟到世事如同天空，深邃难知，多变难猜！

他有些无奈地卷了一根喇叭筒旱烟吸起来。他原先是不吸烟不喝酒的，但后来生活中的一些叫他气愤想不开的事，使他学会了吸烟喝酒。他想卷一根喇叭筒烟献给周有为，却记起周有为是从不吸烟和喝酒的。他佩服周有为始终坚持不吸烟不喝酒，不像他那样借烟酒解闷消愁，实则吸烟、举杯消愁愁更愁啊！他知道周有为心中有许多想不开解不了的忧愁苦闷，而现实教育了他，不能表露于形，要克己，要老实。

他想了想，还是卷了一根烟放到周有为的坟前，说："为弟，我的好兄弟，我卷了一根烟给你，你就吸吧！我知道你为人克己老实，总是远离雷池，连烟酒都不沾边。但是，这有什么用呀！你的家庭成分决定了你的一切。你太亏了，太冤了！如果有来生，你投胎时要睁着眼好好挑选一个家庭啊！"

他凝视坟堆，眼里又汩出泪水，叹气连天，说："唉，死者已矣，岂能复生！这样想吧，你也可算解脱了，不要克己了，可以扔掉那乌龟壳，潇洒一点了！"他将放在坟前的那一根烟拿过来，点上了火，又放回原处，说："为弟，我的好兄弟，你学着吸吧！"

他自己深深吸了一口烟，又说："为弟，我陪你吸烟吧！这烟是我偷偷摸摸栽在偏僻的山凹里的那烟。当时，你劝我不要栽，莫惹祸端，可我还是栽了。那天，我到那山凹里一看，我栽的那十来蔸旱烟已经全被砍倒，在地上晒干了。我知道这是那些割资本主义尾巴的人干的，我奈何不了他们。也好，这正适合初学吸烟的人吸。你吸吧，不会呛你的。"

夜深了，月亮挂在天空，山岭灰蒙蒙的，晚风送来了凉意。叶运鸿站起来，朝坟堆作了一个揖，说："为弟，今天我给你的坟墓培了土，修整了一番，让你睡得舒服一点。现在夜深了，我要回去睡了，你也该睡了吧！"

叶运鸿的眼眶又湿了，步履沉重地下了山。

十二

晨幕拉开了，又是新的一天。

叶运鸿爬起床，急忙洗漱完，到生产队礼堂参加"早请示"。

造反派头头刘大元领着大家搞了"早请示"后，对大家说："这'语录操'做得太不像样。今天，大家不出工做事了，各人回到家里关起门专门练习。"

叶运鸿参加"早请示"回到家里吃了早餐后，就坐在房里一边抽那喇叭筒旱烟，一边沉思默想起来。

"文革"开始时，他以为真的有人动摇社会主义江山，要走修正主义道路，复辟资本主义了，他是拥护"文革"的。但是，经过为时一年多的"文革"，他对所见所闻有了自己的看法和想法。

他虽书读得不多，却比书读得多的人有头脑有思想。他沉思默想，心中有无数的疙瘩解不开，甩不掉。人可心里想，不可口中言啊！他长叹一口气，卷一根喇叭筒旱烟抽起来，两眼看那吐出的烟雾在空中飘散……

十三

叶运鸿上山给周有为修整坟墓，使女儿叶雪梅获得极大的启发。她想，坟墓是人死后永存的实体，是后人纪念的依托。活着的人该为死者做点什么呢？最为重要的应该是为其修建坟墓。她没有找到周冰松的尸骨，她知道古有衣冠墓，她决定为周冰松修建一座衣冠墓。

"妈，我想给冰松修建坟墓！"叶雪梅对蒋秀琴说。

蒋秀琴听叶雪梅这么一说，想到儿子惨遭沉河而死，连尸首都没找到，顿时心如刀割，泪如泉涌。哭了好久后，她才对叶雪梅说："连尸体都没有，怎么修坟墓？"

"古代就有衣冠墓，我想给冰松修一个衣冠墓。"叶雪梅含泪说。

"好啊，有了衣冠墓，我想儿时也可到墓前去看看。雪梅呀，你实在太……"蒋秀琴无限感动地说，在"实在太"的后面她找不到最恰当的词来表达她的情感。

叶雪梅略知阳宅阴墓都是要讲究风水的，她几经查看，选了后面在靠山两旁有抱山而前面开阔的一块地作为周冰松的墓地。

她含泪在周家将周冰松的衣帽等遗物都找了出来。她将一本书和一支钢笔留下珍藏，其他的全部下葬，包括周冰松常吹的那根洞箫。

她要珍藏的这本书是奥斯特洛夫斯基写的《钢铁是怎样炼成的》，这是周冰松花了两个暑假的时间拾蝉蜕卖钱购得的，周冰松和她从头到尾看过几遍，都视为人生指路之书。这次她能经受心爱的人罹难而坚强地活着，就有这本书给她的力量。她要永远珍藏这本宝贵的书。

她要珍藏的这支钢笔是金钢牌钢笔，笔尖含赤金五成，是当时最好的钢笔。当年周冰松和她一同考上初中，周有为特地买回这两支钢笔，他俩各一支。当时，她俩拿着金钢牌钢笔，高兴得手舞足蹈，得意忘形。他俩都视这钢笔如命。周冰松多次对她说："笔就是读书人的手，手不可断，笔不可失！"她常将他俩的钢笔摆在一起，默默地遐思欣赏，在她的心中和眼里，这两支钢笔就代表他俩。如今周冰松人没有了，见笔如见其人。她要将周冰松的钢笔和她的钢笔永远放在一起，永远珍藏。

叶雪梅花了一整天的时间，含悲忍痛终于给周冰松修建了一个衣冠墓。

夜幕降落，月光朦胧。

汗流浃背、精疲力竭的叶雪梅坐在墓边，痴情地望着坟堆，心中有了几分安慰。有了这个坟墓，就有了依托，见墓如见其人啊！然而，霎时那几分安慰消失了，怒火中烧。

"为何一个活生生的人，竟成了一个衣冠墓呀？"她仰天大声疾呼。

她怪罪刘大元的丧心病狂、胡作非为！

她怪罪理县造反派无法无天、惨无人道！

她长长地叹了一口气，遥望星空，无奈地苦苦思索。她学过中国的古代史和现代史，也学过世界的古代史和现代史，她一一记忆回想，找不到像如今这样的荒谬年代。她无限感叹地说："你们说对了，真是'史无前例'啊！"

夜深人静了，痴情而疲惫的叶雪梅张开两臂抱着坟堆而睡。事至如今，她只能如此无奈地亲近亲昵所心仪的人了啊！

苍天呀！就让这位可怜的女郎抱坟好好睡一觉吧！

天空的浮云越积越多，玉兔艰难地在云中穿过，淡淡的身影时隐时现。山岚弥漫，没有鸟语，没有虫声，万籁俱寂。

突然，叶雪梅惊喜交加，只见周冰松的身影在遥远的天边若隐若现。她顿时身生两翼向前飞奔过去，而周冰松也遥遥飞驰而来。她欣喜若狂地大声说："冰松，我终于找到你了！我终于见到你了！吉人天相啊！我相信自有神力助你挣脱绳索，你的水性那么好，定能生还的！"

叶雪梅刚把话说完，周冰松的身影就不见了。她急了，急得大声哭诉："冰松呀！我已肝肠寸断，我已万箭穿身，我已魂飞魄散，我已痛不欲生，我已欲哭无泪，你不要再吓我了！你不要再吓我了！你怎么还要吓我呀！"

叶雪梅声嘶力竭地呼喊，还是不见周冰松的身影，着急万分。她想周冰松不会不想见到她的，怎么会躲起来呢？她想了想，恍然大悟了，就高声疾呼："冰松，你不要躲起来了，你不要怕了！"

叶雪梅的话终于起了作用，周冰松又出现了，飞奔过来。叶雪梅也赶快前往。两人越来越近了，近了，只隔数步之遥了！两对含情之目，泪满眼眶，既有悲泪，也有喜泪，是悲喜交集之泪啊！两人急不可待地相对往前奔去，拥抱在一起了，拥抱在一起了！

叶雪梅感叹而说："不能再失去了！不能再失去了！"

周冰松感叹而说："是呀！是呀！"

叶雪梅激动地说："我们赶快结婚吧！"

周冰松激动地说："好啊！好啊！"

叶雪梅把周冰松抱得更紧了，她将她那贞洁的樱唇向周冰松亲去，她要给周冰松一个示爱的初吻。可是，万万没有想到，周冰松不见了，她两手空空。

叶雪梅蒙了，不知何故。她竭力仰天长嚎："冰松，你怎么又走了呀！我不能没有你呀！我不能没有你呀！归来吧！归来吧！"

叶雪梅的两声"归来吧！归来吧！"的尽力呼唤，震撼群山，发出訇然动地的回声。然而这訇然之声没有唤回周冰松，却把叶雪梅惊醒了。

原来这是一场梦，南柯一梦啊！叶雪梅爬起来，坐在坟边，痛哭起来。

天空布满了浮云，玉兔那张阴沉的脸不见了，大地漆黑，山风袭人。

叶雪梅哭得精疲力尽了，痴痴地目视坟堆，"唉——"的一声长叹，感伤而说："生死成诀别，阴阳两隔离，亡灵何处见，唯有在梦里！"说完，她又潸然泪下。

过了好久，她感慨而言："冰松，今晚虽是梦幻一场，但我见到了你，抱到了你。这是一个美梦！这是一个幸福的梦！这是一个难得的梦啊！这是一个珍贵的梦啊！但愿你多送梦给我，让你我在梦中聚首团圆吧！"这无奈的央求，这绝望的渴望，饱含着多少辛酸、痛苦和悲伤呀！

夜过三更，叶雪梅向坟堆叩首以辞，无奈地下山回家去。

十四

夜深人静，天空布满乌云，细雨连绵，唯有一人摸黑冒雨向坟山蹒跚地走去。

这人就是肝肠寸断的蒋秀琴，她趁雪梅熟睡后，悄悄地溜了出来。她要到丈夫和儿子的坟前，看看她可怜的丈夫和儿子。家里有雨伞，也有电筒，但她都不带上。她不怕天黑，也不怕下雨，她要摸黑冒雨前行。她本来是一个胆小的人，从不单独一人夜行。但这回她什么也不怕了，她想：遇到鬼，就让鬼捉去吧；遇到坏人，就让坏人杀了吧。她不怕，她无所谓。她想若能如此，也就解脱了。

她终于踉跄地爬上了坟山，找到了丈夫的坟堆。她坐在坟边，无言哭诉，只是两眼泪如雨下，心如刀割，泪水顺着她的脸庞流到她的衣上。雨水打湿了她的衣裳，泪水浸透了她的衣裳。

人的眼里能有多少泪水呢！她流尽了泪水，心里升起了一团对周宏达的怨火。她想，周宏达若不发疯似地勒紧裤带攒钱买田地，土改时就不会划成地主，一心一意从教的丈夫，就不会被划成"右派"，就不会丧命。

往事难忘，她想起自己十八岁嫁到周家，公公周宏达就立即亮出了他的"家训"。

那是蒋秀琴嫁到周家的第三天，吃中餐时周宏达当着一家人对蒋秀琴说："儿媳妇呀，今天我有几句话讲讲。勤劳节省是发家之本，好吃懒做是败家之根。这话要记在心里，不能忘了。我打听到你在娘家是能吃苦耐劳的，现在到了婆家，婆家就是自己的家了，更要起早贪黑了啊！"

周宏达十分温和地说，家人都认真地听着，蒋秀琴还点了点头。

"我们家里是不吃净米饭的。煮饭时将米淘一次倒在锅底，再将上一餐剩下的饭倒在上面。吃饭时，只吃上层的饭，下层的饭留作下一餐和米再煮。今后你煮饭时要晓得这样煮。"周宏达说了前面那段劳苦持家的话，见蒋秀琴点了头，甚为高兴，又教导她说。

蒋秀琴对公公说的那样煮饭的好处，一时还不甚懂，但仍然点了点头。

周宏达见儿媳妇又点了头，更来了训话的劲头，大声地说："勤俭持家没有小事情，就像淘米水、洗锅洗碗水都不要浪费，要倒在坛缸里，留作煮猪潲用。"说到这里，周宏达很满意地结束了家训，但突然补充说："还有一点必须得说，种田种地是要靠屎尿肥料的，出门前，一定要解好手，在外面时间久了憋一憋，回家再解决！"蒋秀琴听到公公这话，不觉羞得脸红了，家里其他的人不是第一次听到这样的话，听惯了。周宏达懂得言教不如身教，他处处事事以身作则，凡是要求家人做到的，自己必定模范地做到。他一生如一日，每次外出前一定上一次茅厕；每次从外面回家，急不可待的第一件事就是进茅厕。家人有话急对他说，务必等他上了茅厕出来再说。

周宏达这个吃苦啬省别人所不及的奇人，他的人生理想或者说人生的最高目标就是买田。他一打听到别人要卖田，就托中人去买。钱少了，他就千方百计地凑。就在蒋秀琴嫁到他家不到一个月的时候，他要买一丘田但钱不够，他就要蒋秀琴手上戴的玉镯头拿出来卖掉凑钱。这玉镯是蒋秀琴的娘在蒋秀琴出嫁时赠送的唯一一件首饰，蒋秀琴哪舍得卖掉，哭了两天两夜。但是，周宏达不达目的不罢休，他说："要懂得先苦后甜，有什么舍不得的！"他这话是开导，也是命令，最后还是要蒋秀琴拿出玉镯卖掉买田。有人对周宏达这个买田狂人说："宏达老哥，你不要总是攒钱买田地，修点新房子住住，享一点福吧！"周宏达回答说："老弟呀，还没到修房屋图享受的时候哟！"他一直没修建新房屋，土地改革时，他家没有好房屋和多余的房屋分出去，他家的房屋还是自己住。

这些往事，蒋秀琴记忆犹新，她哭诉说："死鬼呀，是你老子害了你啊！土地改革时，他见自己买回家的田被没收分给别人了，就气得上吊了，把一切罪过留给了你，害得你丢了性命！"接着，她又是无声地垂泪和叹息。

叶雪梅出了一天工，一身疲劳，夜晚睡得很沉，直到深夜两点钟时，才打了一个翻身醒了。醒后，她不见蒋秀琴，心里甚是焦急，不知所措。突然，她想起白天蒋秀琴向她打听周有为父子的坟墓在哪里，就赶快叫醒她父亲叶运鸿陪她上坟山。

叶运鸿父女俩走到周有为坟前，不见蒋秀琴，就往周冰松的墓地走去，临近周冰松的坟墓时，传来了哭诉声，于是，他父女俩驻足细听：

儿呀，你同你爸爸和姐姐都遭了殃，我孤独一人活着还有什么意思啊！我多想同你们在一起啊！可是，雪梅不准我死，她说我若死了，她就要随我死去，到阴间孝顺我。你是知道她性格的，她是说到就做到的人，我只好偷生，为她而活呀！

儿呀，你走了，雪梅怎么办？她说她同你的情感是生死不渝的，你虽人不在了，但你的灵魂会永远伴着她的，你会永远活在她心中的，她要从你而终，不再嫁人。儿呀，怎么办哟！雪梅年纪轻轻，我怎忍心让她孤单一人活着呢……

听到蒋秀琴的这些哭诉，叶雪梅以泪洗面，叶运鸿也泪落不止。他俩往坟边走去，叶雪梅见到蒋秀琴就跑过去抱着她痛哭。

细雨还没停止，但天空的云淡了一些。虽然没有月光，但大地却明亮了一些。悲痛是诉不尽的，哭不完的，该回家了吧！叶运鸿劝说了很久，蒋秀琴才起身回家。叶雪梅搀扶着蒋秀琴回到家里时，东方已出现了鱼肚白。

十五

这是农历七月十六日的夜晚，圆月当空，月色皎洁。叶运鸿带着酒肴来到周有为的坟前。他摆好食品，斟上酒，含泪细言：

为弟，我比你大十五天，七月初一是我的生日，七月十六是你的生日。我不会忘记你的生日，今天是你的生日，我拿了酒菜来给你贺生，你喝酒吃菜吧！

为弟，你在世是不喝酒的，我今天为何拿酒给你喝呢？我是这样想的：你老子在家里不喝酒，那是节俭，不是不能喝。他在别人家里缝衣或者到亲戚朋友家做客是喝酒的，而且得喝一两斤，好酒量啊！你不喝酒是你老子不许你喝，怕你好酒贪杯，花了钱财。我想你应有你老子酒量大的遗传的，是能喝酒的，只是守家规不喝而已。如今，你到了阴间，该潇洒一点了，喝一杯酒吧！

叶运鸿和周有为这两个隔壁邻舍的老同学，小时候平时形影不离，每年过生日，都是你少不了我，我少不了你的。叶运鸿想起了最难忘的周有为的十岁生日。

十岁生日，称之为"逢十一"，是"大生日"，亲戚朋友都要前来庆贺的。十五天前叶运鸿逢十一那天，周有为吃了早饭就到了叶家同鸿哥玩去了；十五天后的今天，周有为逢十一，叶运鸿同样一吃了早饭就到周家同为弟玩去了。

这一天，周家的里里外外打扫得一干二净，堂屋里摆好桌椅板凳，特别是在那张条形"看桌"上，摆出了一个花瓶，插上了鲜花。

叶运鸿一走进周家，就被这个花瓶吸引住了。周有为不知家里有这样一个花瓶，也是第一次看到。他俩久久站在那看桌前观赏花瓶，指指点点，看不够。直到周宏达到塘里捞鱼时，他俩才离开跟着去看捞鱼。

看完了捞鱼，他俩又跑到堂屋里，站在看桌前观看花瓶。他俩觉得只看看还不够，得用手去摸一摸。叶运鸿摸了一会儿，想知道那花瓶有多重，就用手去端，一不小心，花瓶倒在看桌上，"哗"的一声，瓶口烂了，掉出两块碎片。

他俩闯下了大祸。周宏达一听到破碎声，跑进堂屋，见花瓶烂了，心如刀割，脸气紫了，不分青红皂白首先打了周有为两巴掌，紧接着，他伸手要打叶运鸿，但他立即理智地缩了手。他知道"隔壁邻舍好，有如拣到一个宝"，周叶两家世代和睦相好，不能打周家的孩子，伤了感情。但是，他想如果是叶运鸿打烂的，叶家就得赔点钱。于是，他要问清楚是谁打烂的。

"是哪一个打烂的？"周宏达恶狠狠地问。

"是我。"周有为抢先说。

叶运鸿接着说："是我——"

周有为马上抢过叶运鸿的话，说："是他伸手去摸花瓶，我不让他去摸，伸手去拦，不小心把花瓶弄倒了。"

恰巧这时，周宏达那个识字的远房表兄来了。他虽不是周宏达的近亲，但从前周宏达父亲买田地写契子是靠他把关掌舵的，他家有喜庆，周宏达是必去不可的。他懂得礼尚往来，周家有喜庆，他也是定来的。

他见花瓶打烂了，周宏达正在大发脾气，忙说："表弟，不要紧，现在大城市里有能人专修补古董，以后，我给你拿去修好，看不出一点破绽的，真的，是真的!"

周宏达听了这话，怒气消了一些，又想到是喜庆之日，就没有再追问下去。但他还是非常心疼的。这个花瓶原来是一个衰落官宦后代家里的，因穷得无米下锅了，就传出话卖花瓶，只要两石谷子。周宏达的识字的远房表兄得到这个消息，就叫他赶快买到手。表兄告诉他说："那个花瓶是古董，是宝物。我看了，那花瓶底上有印章，是宋代庆历年间的，我估计起码值得一百石谷子，你立即买回来，莫让别人买去了。"周宏达了解这表兄是忠实可靠的，绝不会花言巧语骗他，就狠下心用两石谷子买了回来。

第二天，周宏达心想那花瓶若是叶运鸿打烂的，叶家理应起码赔上修补的费用。于是，他要追问花瓶到底是谁打烂的。他把周有为叫到房里，关上门，追问起来。

"是鸿哥伸手想摸花瓶，我不让他摸，怕他打烂，就伸手去拦，不小心把花瓶弄倒打烂了。"周宏达追问了几次，周有为回答的就是这一番话。

周宏达感到无奈，又想到表兄说可以修复的话，只好罢了，但还是又重重地打了周有为两耳光。

"为弟呀，你喝酒吃菜吧! 我想起了你逢十一，本来是我不小心打烂了你家的花瓶，你晓得你老子小气，怕他要我家赔钱，就矢口说是你打烂的。你这情，你这义，我哪能忘呢? 路遥知马力，日久见人心。你我几十年的交往，我深知你的那颗心。说什么要划清界线，我怎么能与你划清界线呢? 万两黄金能够得，知心一个也难求，你是我最知心的人啊!"

叶运鸿虔诚地望着周有为的坟堆，接着说："为弟，你是知道如今扯布、砍猪肉、买肥皂等都是要票的，我好不容易凭军属牌子弄到一斤猪肉票。我砍了一斤猪肉，和辣椒煮好，拿了一些来给你吃，你高兴地吃吧，如今吃到猪肉不容易啊！"

叶运鸿招呼周有为喝酒吃菜，自己又遥想起周有为的十八岁生日。

周有为的十八岁生日是 1944 年农历七月十六日。那时候，他正在一所私立中学读高中。这所私立中学是一位爱国将军办的，办校宗旨是驱逐日寇，振兴中华。这位将军亲自担任校长，规定教学与军训相结合，每个学期有一两个月严格的军训，学生荷枪实弹演练，军训教官是少将。这位将军校长思想进步，接纳了两位地下共产党员任教。就在这一年，日本侵略军快打进北安县了，那两位地下共产党员跟校长协商建立了抗日自卫队，准备随时随地打游击杀敌。这年暑假，参加抗日自卫队的学生在校军训待命。

天下兴亡，匹夫有责。十八岁的周有为是个热血男儿，积极参加了抗日自卫队，暑假没有回家，托人告诉父母说是在校补课。因此，他生日这天，周宏达叫叶运鸿拿了鸡、鸭、鱼肉到学校去给周有为吃。

叶运鸿一到学校见到周有为，周有为就直言不讳地说他不是在学校补课，而是参加了抗日自卫队，在学校搞军训，准备打游击杀敌。他要叶运鸿为他保密，绝对不让他父母晓得。他说："日本鬼子打到家门口了，我们怎能无动于衷，坐以待毙！"接着，他就教叶运鸿唱《大刀向鬼子头上砍去》。

叶运鸿临走时，周有为抱住他，慷慨激昂地说："自古忠孝难两全！鸿哥，我选择了上战场杀敌，就置生死于不顾了。如果我为国捐躯了，我的好哥哥，你一定要替我尽孝道！"

叶运鸿听到这几句话，心里万分激动，脱口而说："为弟，我的好兄弟，我答应你！"

不久，日寇入侵北安县，北安抗日自卫队奋起抵御。有一次，有一小队十来人日寇欲进村烧杀、奸淫虏掠，北安抗日自卫队闻讯立即前往拦击。周有为勇敢无畏，见那日寇中有一人装束与众不同，心想定是其中的头目。他举枪想打死那头目，谁知那头目先向他开了一枪，子弹从他的外眼角穿过，险些打瞎了他一只眼。他咬牙忍痛瞄准那头目，一枪击中眉心。那头目一死，其他鬼子无首而惊慌失措，北安自卫队员奋勇向前，把那一小队日寇全部击毙。

叶运鸿想起当年的情景，内心依然激动不已。他凝视周有为的坟墓说："为弟，当年你真是一个热血男儿啊！"

接着，他摇了摇头，叹了一口气，在坟前坐了好久，才离开坟山。月色明媚，但他无心欣赏，只是踏着月光低头回家。

十六

这天，乌云密布，大雨滂沱，不能安排农活。造反派头头刘大元在"早请示"后，宣布上午召开"斗私批修"大会。

早餐后，刘大元第一个到会场，接着是同他年龄不相上下的造反派哥们来到会场。随后，其他的人稀稀拉拉地腾腾地走来。

刘大元有些失落，叹了一口气。他想"文革"开始时，他威风凛凛，气吞山河，大家都听他的。而随着时间的推移，人们看他的眼神、脸色变了，不再那么敬畏了，特别是上面发了禁令后，他感到他的威信一落万丈了。想到这些，他常彻夜失眠。

刘大元是规定八点钟到会的，可是到了八点半，到会的人还没有三分之一。而那几位造反派人士打起扑克来了，其他的人三三两两、低言细语。刘大元很想听到他们在说什么，但怎么也听不清，心里很不痛快。要是"文革"初，他会大训他们一顿："有话大声说吧，为什么窃窃私语？是什么资产阶级见不得人的话不敢大声说出来让别人听到……"可是，如今他自知不能这么说了，只好忍着。

刘大元见时间到了八点五十分，到会的大约有三分之二了，特别是他见叶运鸿也到了，就立即宣布开会，然后读了一篇社论。

读完后，他振振有词地说："我们不但要横扫一切牛鬼蛇神，我们自己也要从资产阶级的思想意识和传统习惯势力的影响下解放出来，过好无产阶级"文化大革命"这个大关。"

刘大元喝了两口水，继续说："不要认为自己没有一点问题。修正主义是无孔不入的，是通过各种渠道腐蚀人们的灵魂的。我可以明确地说，有的人的修正主义思想和修正主义的行为是很严重的。"

他说到这里，用目光扫视他的铁杆哥们，示意他们帮腔。

"是呀，有的人修正主义思想很严重！"

"是呀，有的人不仅有修正主义思想，还有修正主义行为，都严重极了！"

"所以，我们必须要'斗私批修'！"

……

　　几位哥们的附和帮腔，刘大元暗暗高兴。他希望他的哥们争先恐后地发言，可是，那些不争气的哥们却默不作声了。他很失望，只好自己唱独角戏了。

　　刘大元又猛喝一口水，拉开大嗓门说话了。他想用他如雷贯耳的声音震慑大家，造出一种严厉的气氛。他说："我们说'宁要社会主义的草，不要修正主义的苗'，可是，有的人却千方百计栽修正主义的苗，是可忍，孰不可忍！"

　　刘大元再次拿起搪瓷杯喝上一口水，继续说："我不是闭着眼睛说瞎话，我说的是实实在在的事实。昨天，我在一个很少有人去的极隐蔽的地方，发现有人栽了辣椒，真是大胆呀，顽固呀！不相信吧，我把这辣椒树扯回来了。"

　　刘大元走进里屋，拿了一捆结满辣椒的辣椒树出来给大家看。他说："你们看这修正主义的苗硕果累累呢！"

　　叶运鸿看出那辣椒就是他栽的，心中又恼又火，立即走上前从刘大元手中抢过那捆辣椒树，对刘大元说："这辣椒是我栽的，我说你破坏生产。南泥湾开荒大生产你听说没有？"说完，他扫视了大家一眼，抱起那捆辣椒树走出会场。刘大元本想拦住他，不准他走，但想到那天叶运鸿拿起锄头欲打他脑壳之举，就不敢阻拦了。

　　那年月粮少瓜菜代，社员们都想在田头地角或开点荒土种上作物填填肚子，却被说成是栽资本主义的苗，要批斗，满肚子里是怨水，只是不敢倒出来。到会的社员听到叶运鸿的话精神为之一振。这样的话，是他们想说而怕说的话，他们向叶运鸿投以赞赏的目光。叶运鸿离开了会场，他们也大胆地跟着离开会场，有一人边走边唱起了《南泥湾》歌曲："花篮的花儿香，听我来唱一唱，……"

这人一唱，有几人跟着合唱起来。

最后，会场只剩下刘大元和他的几位哥们。

雨还没停，天空灰蒙蒙的。

十七

万籁俱寂的子夜，叶雪梅突然被响声惊醒。她醒后，这响声时有时无。起初，她不知这响声来自何处，后来，他仔细一听，觉得这响声就来自室内。

叶雪梅心跳加快了，有些不祥之感。叶雪梅原先是同蒋秀琴睡一张床的，后来蒋秀琴想到同床而睡叶雪梅受约束、不自由，就谎说同睡一张床，她睡不好、失眠，于是叶雪梅只好同她分床而睡。叶雪梅赶快爬起来，点起煤油灯，走到蒋秀琴床前。这时，她发现蒋秀琴用一个手敲打床头花板。她连续呼喊："妈妈，妈妈，你怎么了？"可是，连续呼喊了几次，一点回应也没有，她急得哭了起来。

她心急如焚，把她的爸妈喊醒叫过来。叶运鸿和蒋雅云看到这种情况，确定蒋秀琴是得了怪病，讲不出话了。于是，他们想到赶快请医师。村里有赤脚医师，公社有卫生院，他们认为这种怪病赤脚医师是无能为力的，决定请公社卫生院的罗老中医。

叶运鸿父女俩提着煤油马灯急忙往七里多路远的公社卫生院奔去。叶运鸿边走边想，卫生院的那位罗老中医当时被划为"黑帮分子"，早几天还戴了高帽子挂了黑牌子游了街，是不能自由下乡看病的，要请他外出治病，得先请求卫生院的造反派头头许可。

44

到了卫生院，叶运鸿父女俩就先找卫生院造反派头头。那头头不许可，叶雪梅非常气愤，本想跟他理论一番，但她冷静一想，那头头是不讲理的，你跟他讲理，定会一篙子把船撑到河中央去，更难上岸。为了给蒋秀琴治病，要她做什么，她都情愿。她想了想，忍气双膝跪地求情，叶运鸿也好言相求，终于得到那头头允许，让罗老中医去看病。

这位身材矮小单薄的罗老中医已年过花甲，愁容满面，显得有气无力，但他没有推辞出诊。

叶运鸿父女俩把罗老中医接到家里，罗老中医见蒋秀琴喉咙里不断发出"呼噜呼噜"的响声，立即要叶雪梅和蒋雅云动手将蒋秀琴由仰卧改为侧卧，接着他就切脉了。他切脉十分认真仔细，切脉的时间要比别的医师长两三倍；他切脉时要求很严，绝不允许别人在旁说话和走动干扰他。这早已传开，众所周知。看到他要切脉了，叶雪梅和她的父母都立即停止走动和说话，屋里静得只有蒋秀琴喉咙里发出的"呼噜呼噜"的响声。

罗老中医聚精会神地切了左手的脉搏，又切右手的脉搏。切完了脉，他很有把握地说蒋秀琴患了脑卒中。他说脑卒中分脑溢血和脑栓塞，他从脉象上看，认定蒋秀琴患的是脑栓塞。

叶雪梅见罗老中医看准了病，就急于叫他开药方。罗老中医见蒋秀琴侧卧后，喉咙里的响声依然，对叶雪梅说："莫急于开处方，你妈喉咙里有浓痰阻塞吐不出来，这很危险，要尽快把那浓痰弄出来！"

"怎么把那浓痰弄出来呢？"叶雪梅焦急万分地问。

"土办法倒是有一个，只是这是一个脏办法。"罗老中医发愁地说。

"救命要紧，多么脏我都不怕！"叶雪梅立即表态。

叶雪梅对周冰松的情爱专一，立誓终生不嫁别人，愿将蒋秀琴当婆婆尽孝的奇事罗老中医已有耳闻。当他听到叶雪梅为抢救蒋秀琴怎么脏都不怕的话，心里很感动。他从药箱里拿出一个夹子和一根吸管，叫叶雪梅用夹子撬开蒋秀琴的门牙，他将那根吸管慢慢地插进去，直到喉咙。机灵的叶雪梅明白了这个脏办法，立即用嘴衔着吸管去吸痰。她吸了几口，还是没有吸出来。

"要用力，用力，用力猛吸！用力猛吸！"罗老中医大声说。

叶雪梅使尽全力猛吸一口，终于把阻塞在蒋秀琴喉咙里的浓痰吸到了自己的嘴里。她把那浓痰吐到地上，落地时发出"哐"的一声。

蒋雅云飞快地递一杯水给叶雪梅，叶雪梅接过喝了一口吐在地上，脸上呈现出来的艰难之态闪电般地被欢欣的笑颜取代了。

罗老中医看得心潮起伏，本想赞扬叶雪梅几句，但想到自己是戴着"黑帮"帽子的人，便把到嘴边的话咽了下去，只在心中赞扬"好一个奇女子"。接着他说："危险的一关过去了，现在我来开一个药方。"他提笔写出了一个单方，叮嘱说："这是一个以补阳还五汤为基础的单方，先捡两剂吃下，看效果怎样。"他临走时交代说这种病往往出现大便梗塞的现象，如果有这种情况，要设法通便。

天还未亮，叶运鸿父女俩一起送罗老中医回卫生院，并在卫生院捡了药回来。

捡了药回家，叶雪梅叫父亲休息，自己立即生火煎药。

一剂药是煎两次作两次吃的。第一次煎出的药叫"头道药"，第二次煎出的药叫"二道药"。早上八点钟时，叶雪梅煎出了"头道药"，但蒋秀琴不能开口吃药，这可实在难住了叶雪梅。她想了很久，突然从用吸管吸痰得到启发。她找到那根吸痰的吸管，将它洗干净，插进蒋秀琴的嘴里，然后将药水喝到自己的口中，通过吸管将药水吐到蒋秀琴的嘴里，好在蒋秀琴还能将药水咽下去。一小半碗药水，叶雪梅足足花了十多分钟才喂完。

吃了"头道药"，蒋秀琴的病情就有所好转，下午两点钟时，叶雪梅煎出"二道药"，她就能开口吃了。吃了两剂药，蒋秀琴就能开口说话了，能吃粥了，左手左脚能活动了。但是，正如罗老中医所料，她严重便秘。看她那样子很想排便，却怎么也拉不出来。叶雪梅很细心，她听到罗老中医说可能发生便秘现象的话，到卫生院捡药时，就顺便买了开泄的药。她赶忙将开泄的药给蒋秀琴服下，但过了好久，还是没起一点作用。万分焦急的叶雪梅把房里除蒋雅云之外的其他人都叫走，关上门，脱开蒋秀琴的裤子去看，只见有一坨大便，卡在蒋秀琴的肛门内。她用手指沾了一点肥皂水去摸了摸，那坨大便坚硬如石。她想家里没有医院里的设备帮病人排便，她只好用她的土办法了。她要用手指沾上肥皂水去将那大便坨抠出来。蒋雅云见女儿要这样做，赶快找到一个口罩递给她，她摇头不要。

叶雪梅不顾脏和臭，用手指沾着肥皂水，艰难地一点一点地将那坚硬如石的大便坨抠了出来。可是，抠出了那一坨，肛门内还有坚硬的大便坨。这深处的大便坨更难抠出来了，弄得叶雪梅满头大汗，花了半个多钟头，才将阻塞在肛门内的大便坨完全抠了出来。

大便阻塞的问题解决了，蒋秀琴的神色轻松多了。她伸出左手抓住叶雪梅的手，表示谢意，眼里也流出了感激的泪水。

蒋秀琴吃了罗老中医的两剂中药，病情大有好转。但是，叶雪梅听人说这种病进县人民医院，西医将药水直接注射到血管里，疗效比吃中药要快得多，为了尽快治愈蒋秀琴的病，她就和父母商量，想方设法筹集钱，将蒋秀琴送到县人民医院去治疗。

十八

农历八月十五日，是中秋佳节。叶运鸿夫妇的心中没有欢乐，只有忧愁。

周有为父子的惨死，在他俩的内心依然留有难以消释的悲痛，而蒋秀琴又患病，前天住进县医院，女儿前去陪护，儿子参军戍守边疆，家里只剩下夫妇俩，冷冷清清。

过年过节，总要有鸡鸭鱼肉吃一餐的，可今年中秋节有什么吃呢？鸡鸭鹅本来按规定每家可以限数养几只的，但是人的口粮严重缺欠，哪有粮喂养家禽。他们村过中秋节，有米粉鹅肉蒸芋头的习俗，可是，今年既没有鹅，也没有芋头。叶运鸿本来在水沟边插了几蔸芋头打算中秋节吃的，但那芋头一长出苗，就被当作资本主义的尾巴割了。生产队集体是栽了芋头的，但得不到精心培育，还没有长出块茎。

吃月饼赏月是中秋节的传统习俗，可是，今年供销社的月饼是凭票供应的，发到生产队的月饼票太少，不能每家都有，只好抓阄解决。叶运鸿背时抓到一个空阄，买不到月饼，蒋雅云叹了几口气，决定自制月饼。她把南瓜蒸熟和上米粉，没有糖，她只好放一点盐。她揉好做成米粉南瓜饼，放到锅里煎出来。

这晚，叶运鸿家的桌上摆上了两碗菜，一碗是辣椒炒猪肉，一碗是丝瓜。那碗辣椒炒猪肉，只见辣椒少见猪肉。因为，原本只买到半斤肉，而蒋雅云又切了一坨瘦肉出来。蒋秀琴住医院两天了，她打算明天去看望，要把那坨瘦肉剁碎煮汤送给蒋秀琴。

过去过年过节是有供奉祖先的习俗的，现在破掉了。叶运鸿坐在桌旁只好在心里念叨：太公太婆、阿爹、阿娘，过中秋节了，你们来吃一点吧！念及此，他不禁热泪盈眶。

供奉礼节结束后，叶运鸿费了好大的劲，才露出一点笑容，招呼他的妻子蒋雅云上席吃饭，而蒋雅云也把苦涩咽到心中，强装开心入席。

吃了晚饭，叶运鸿端了一张条凳放在屋前晒谷坪中央，自己先坐在那条凳的一端。他抬头仰望天空，天空布着一层薄薄的浮云，月笼轻纱，月色朦胧。望着这月色，他的心情更加沉重了。蒋雅云用碟子装着她自制的月饼从屋里出来，坐在那条凳的另一端。中秋节同坐在一条凳上吃月饼赏月，这是叶运鸿夫妇多年来的习惯。坐在同一条凳上，象征着亲密，象征着团圆，更象征着幸福美满。当然，他俩还没有单独吃月饼赏月的。爹娘在时，他俩坐其旁，生了儿女后，又有儿女承欢膝下。还有好多年，叶周两家坐在一起吃月饼赏月，一派友邻和睦、其乐融融的景象。

到了中秋，一年的大忙时节渐去，辛勤劳动的果实丰收入仓了。互助合作的那些年，到了中秋，叶运鸿夫妇换上干净的细布衣裳，在一条凳上依偎而坐，吃着香甜月饼，欣赏明媚的冰轮，想到从春耕到秋收连续几月的没日没夜的劳作至此可以歇口气清闲一下了，更想到自己的汗水换来了丰收，心中感到幸福美满。可是，有了"人民公社"后，农民生产的积极性没有了，田里长不出好禾苗，年年歉收。叶运鸿回想起这些，长长地叹了一口气，感慨万千。

蒋雅云将自制的月饼递一个给丈夫，自己手里也拿一个。她含情地看了丈夫一眼，那眼神是暗示丈夫同她一起吃月饼。中秋节吃月饼，有着美好的含义，象征着团圆，象征着幸福。叶运鸿夫妇同时开口吃月饼，憧憬团圆，憧憬幸福。

往事难忘。叶运鸿的思想之马放纵奔腾，想起了小时候每年过中秋节的情景。

中秋节前一二十天时，他和周有为就巴望中秋节能够提前到来。

那时候，中秋之夜，他们两家总是一起烧柚香的。烧柚香是将一根长长的竹竿的顶端插上一个大大的柚子，在柚子上插满敬神的线香，再将线香点燃火，然后将竹竿直立于地。烧柚香是一种敬月神的习俗，以祈求月神保佑赐福。小孩子不懂烧柚香为了敬月神，只是兴高采烈地观看那柚香火球灿烂壮观的火花。那时，叶运鸿和周有为对烧柚香喜爱极了，在他们心中，那柚香火球是世界上最赏心悦目的美景了。虽然悠悠岁月过去了，但那柚香火球依然是叶运鸿心中一幅最美丽的图画。

叶运鸿还遥想起小时候中秋之夜吃月饼的事。他还记得，他拿一个月饼，周有为也拿一个月饼。他想让周有为尝尝他叶家月饼的味道，而周有为也想让他尝尝他周家月饼的味道。于是，他将自己的月饼掰半个给周有为吃，而周有为也将自己的月饼掰半个给他吃。一个月饼两半掰开，他俩总是把大的一半递给对方。也许这是他俩读了"融四岁，能让梨"的话，在他俩的心田发了芽的缘故吧！当时将大半边的月饼递给对方吃，而自己吃那小半边的，是自然而然而为的，并未多想。如今细想起来，叶运鸿深感当年他俩的友情是多么纯真可贵啊！

叶运鸿的思想之马奔腾到了 1960 年的中秋，心浪立刻翻滚起来。他招呼夫人蒋雅云回屋，自己拿了一块月饼，要上坟山与周有为共度中秋之夜。

十九

叶运鸿来到周有为的坟前，敬上月饼，就说："为弟，今天是中秋佳节，我想起了童年时我俩在中秋之夜看烧柚香吃月饼的那情那景，更想到了 1960 年的中秋节。不能忘啊！忘不了啊！是你救了我的命啊！"

叶运鸿止不住眼泪滂沱，沉浸在回忆之中。

1958 年大丰收，红薯多得收不完，犁在地里埋起来，不要了，让它烂在地里。可是到了 1960 年就饿肚子了，不少人患了水肿病。叶运鸿的父母和周有为的母亲都因患这种病而离世。

叶运鸿当年见父母患了水肿病，就将自己的口粮省下给父母吃。谁知他省下的那一点点口粮给父母吃下，并未救下父母的命，反而使自己也患上了水肿病。

1960 年的中秋之夜，叶运鸿拄着一根拐棍，艰难地走到屋前的晒谷坪，已先到晒谷坪的周有为看见了，赶快拿起一张条凳给他坐着，自己紧挨着坐下。这天晚上，天空湛蓝，没有云彩，圆月高悬，明媚喜人。可是，叶运鸿望了一眼明月，顿生感伤，抽泣不止。

"鸿哥，你怎么了？"周有为一时不知叶运鸿为何伤心而泣。

"为弟，今晚定是我最后一次赏月了啊！"叶运鸿悲伤不已地说，抽泣得更厉害了。

"鸿哥，你不要悲观，不要紧的！"

"我清楚自己的身体，灯干油尽了，过不了这一关了！——你我情同手足，以后我叶家就靠你操劳照顾了！"

"好人自有天相，你的病会从今晚好转的，放心吧！"

"你会算命？不要安慰我了！"

正在这时，蒋秀琴端了一碗吃的走出来，递给周有为。周有为接过，对叶运鸿说："鸿哥，你看这是什么？"接着，他告诉叶运鸿，他今天上午在大山深处打到了一只野兔。

"鸿哥呀，我说好人自有天相，这只野兔是天赐给你的，你吃了这只野兔，病就会好的。"

"为弟，这兔子闯到你手里，是天赐给你吃的，怎么给我吃呢？"

"我为何今天上午到山中去打野兔子呢？是因为昨天晚上我做了一个梦，梦到有一个白胡子老人告诉我说山里有一只野兔，叫我打回来给你吃。所以我说这兔子是天赐给你吃的。"

"不，你不要骗我！"

"我没骗你。再说，我没生病，我不需要吃。"

"你今天没得这种病，以后呢？"

"得这种病，一般都是食量大的人。我食量小，不会得这种病的。"

"唉，你肚子小，食量小，大概是得益于小时候你父亲不许你吃饱饭吧！"叶运鸿一脸苦涩地说。

"也许真是这个原因吧！"周有为苦笑回答。

推来推去，最终周有为如愿，那碗兔肉还是给叶运鸿吃下了。接下来的四天，每天周有为都端一碗兔肉给叶运鸿吃下。原来，周有为将那兔肉熬好后分成了四份，让叶运鸿一天吃一份。

叶运鸿吃了兔肉后，周有为还从水沟里拾了螺丝蚌壳、从山上挖了葛根给他吃。就这样，叶运鸿的水肿病好了。他无限感激地说："为弟，是你把我从鬼门关拉了回来啊！"

叶运鸿知道吃下那只兔子肉是他病愈的主要原因，他庆幸自己命不该绝，有白胡子老头托梦给周有为到山中打野兔给他吃。但是，后来他想，难道真有一个白胡子老头托梦吗？他越想越觉得荒唐，定是周有为善意说谎，为的是要他吃下那兔肉保命。

叶运鸿追忆了这些往事，含泪朝周有为的坟墓三叩首，说："为弟，你尝尝这月饼吧！这年月连月饼都买不到了呀！"

天上的浮云越积越厚，锁住了圆月，天昏地暗的。叶运鸿坐在坟前，遥望天空，不见圆月，感叹地说："婵娟呀，你是被浮云遮住不能看人间，还是有意躲进云里不愿看人间？唉，但愿人长久，千里共婵娟。为弟呀，如今你走了，今夕纵然月色明媚皎洁，我也无心欣赏啊！"叶运鸿叹气连天，双目凝视周有为的坟堆，感伤无限地说："为弟，你我才四十出头，应该还有二三十个中秋共度，可是如今你我竟然生死诀别，阴阳相隔，我只能无奈地在中秋之夜来到你的坟前伴你过中秋了!"

叶运鸿把话说完,木然坐于坟前,像似无思无想,又似如醉如痴。

夜深寂静,秋风吹拂,久坐坟前的叶运鸿感到一身寒意。他想到仅有蒋雅云一人在家,便尽快下山回家。

二十

蒋雅云与蒋秀琴的情义并不亚于叶运鸿与周有为的情义。中秋节买回半斤猪肉,蒋雅云都要切出一坨瘦肉开汤送到医院给蒋秀琴,可见其情义。

叶运鸿上周有为坟墓去后,蒋雅云一人坐在晒谷坪,脑子里装的全是蒋秀琴。珍藏在她心中的一些往事像放电影一样,一幕幕出现在她的脑海里。

十七岁那年春夏之交的一天,蒋秀琴叫蒋雅云同她一起上山砍柴,蒋雅云觉得有点不舒服,不想去,但想到自己不去,蒋秀琴一人砍柴没有伴,还是答应去了。砍好柴,正准备捆柴时,蒋雅云说自己"做好事"了。"做好事"是当地妇女说来例假的隐语。蒋秀琴听蒋雅云这样一说,赶快帮她做了应急处理,接着她将她俩砍的柴做两捆捆好,对蒋雅云说:"你做好事了,就不要挑了,我一起挑回去。""一担挑太重了,你怎么挑得回去?"蒋雅云说。"不要紧,多歇几肩。"蒋秀琴说完,不等蒋雅云再说什么,赶快挑起柴下山。那担柴实在太重了一点,蒋秀琴挑得汗流浃背,歇了好几肩才挑到家。柴挑回来后,蒋秀琴立即背了一捆给蒋雅云家。

　　1945 年日寇投降后，蒋雅云嫁到了叶家，蒋秀琴嫁到了周家。第二年，蒋雅云生儿子叶学文，蒋秀琴生女周淑怡。第三年，蒋秀琴腊月初一生冰松，蒋雅云腊月初十生雪梅。蒋雅云产后患病没有奶，蒋秀琴主动喂奶给蒋雅云的女儿吃。蒋秀琴一人喂两个婴儿的奶，雪梅哭的时候少，冰松哭的时候多，因为每次蒋秀琴先喂雪梅的奶，等雪梅吃饱了再喂冰松的奶。天天如此，蒋秀琴喂了雪梅 10 个月的奶。蒋雅云的感激之情永远装在心中。

　　公共食堂解散后，将口粮米分到各家，有好多家将米再分到人，各管各的米，每人有一把锁锁着自己的米。可是，蒋雅云与蒋秀琴守住了往昔的情义，另有一番景象。

　　她俩常到野外弄一些野菜回来吃，每次不管谁弄得多谁弄得少，回家总是两半分开。有一次，她俩进山捡菌子，蒋秀琴运气好在一个山凹里捡了大半篮，而蒋雅云倒霉两手空空一朵都没捡到。回到家里，蒋秀琴将她捡到的菌子分一半给蒋雅云。蒋雅云觉得菌子全是蒋秀琴捡到的，就将自己的那一份里拿了几朵出来放到蒋秀琴的篮子里。蒋秀琴又气又恼地说："你这是什么意思？"说完立即将那几朵菌子丢进蒋雅云的篮子里。这事蒋雅云记忆犹新。

　　有那么几年，棉绸因薄而柔软，最适合热天作裤料，备受人们喜爱。热天穿上棉绸裤子舒服凉爽，那是很招人羡慕的。蒋秀琴曾说："我这一生恐怕穿不上棉绸裤子了！"蒋雅云说："我若能穿上棉绸裤享受享受，短两岁阳寿都抵得。"她俩的话道出了人们渴望穿棉绸的心情。可是，那年月棉绸少之又少，供难应求，只能凭票供应。一张棉绸票可买做一件衣裤的棉绸。棉绸少之又少，自然棉绸票也少之又少，可盼，却非常难得。

有一次，蒋雅云和蒋秀琴所在的生产队分到两张棉绸票。全生产队二十二户，两张票怎么办，票落谁家？社员们议论纷纷，队干部决定抓阄而定。这抓阄的消息传开后，蒋雅云不放心丈夫去抓，亲自出马。周有为是右派，外面的事都由蒋秀琴出面参与，这抓阄当然是蒋秀琴去抓。

这抓阄的办法严得滴水不漏，谁也不能营私舞弊。制作阄的人，一个是队长，一个是副队长，一个是社员。抓阄那天，他们三人先在密室里将两张小小的棉绸票放在两个纸团里，另外制作二十个空纸团，同放有棉绸票的那两个纸团一模一样，没有任何区别。一共二十二个纸团混合在一起，让每户人家派代表去抓。制作阄的三人不能亲自去抓，只能由他们的家属去抓，而且他们的家属必须等十九人抓完了再去抓。而这三个人的家属抓阄还有一个规定的次序：先社员家属抓，再副队长家属抓，最后队长家属抓。

参加抓阄的各户代表早已到队部堂屋里等待着。预定的时间到了，三个制作阄的人从密室走出来，队长向大家讲清抓阄的规矩后，副队长和社员两人将二十二个纸团洒在一张大桌子上，然后队长宣布开始抓阄。二十二个纸团，仅有两个纸团有票，抓中的几率实在太小了。人人都很紧张，有的人心中念叨，希望菩萨保佑抓中。有几个人争先去抓，蒋雅云有教养，不抢先去抓，但她很想抓中，又不愿最后去抓。她是在第八个人抓了之后才出手抓的。蒋秀琴有自知之明，她觉得她的家庭成分不好，她能同大家一起抓阄，实在是被给足了面子。于是，她等到十八个人抓了，才红着脸去抓。

纸团捏在手中，心情更加紧张。打开纸团只能两人欢笑而二十个人失望啊！有人抓到阄，就立即打开，有人抓到阄，不想马上揭晓。结果如何，不讲别人，只讲蒋雅云和蒋秀琴俩人，前者倒霉，后者走运。

回到家里，蒋秀琴要把票让给蒋雅云，蒋雅云说："你抓到了，怎么给我呢？哪有这个理！"

"你我如同同胞姐妹，这就是让给你的理由。"蒋秀琴说，"再说，我本来是很想做一条棉绸裤子穿穿的，但我现在细想了一下，我这身份还是不穿棉绸好。"

"我领你的情，但不要你的票。"蒋雅云说，"你做一条棉绸裤子穿，违了什么法？"

"虽然不违什么法，但穿在我身上，不但不会凉快，反而会发烧的。"蒋秀琴说，"这票还是给你好了！"

"琴姐，你不要东说西讲，找借口把票送给我！"蒋雅云说。

尽管蒋秀琴费劲了口舌，蒋雅云还是说："我领你的情，但不要你的票！"

随后，蒋秀琴拿着棉绸票到供销合作社买了棉绸，并找了一个裁缝师傅按她说的尺寸做了一条裤子。

裤子做好拿回家后，蒋秀琴试穿给蒋雅云看，裤脚短了一些，尤其是裤裆小了，穿起蹲不下。

"我这个人没有福气穿棉绸！"蒋秀琴说。

"这个裁缝师傅太差了！"蒋雅云埋怨说，"改一下吧！"

"改，大改小可以，小怎么改大？"蒋秀琴说，"雅云，你穿一下，看怎样！"蒋雅云比蒋秀琴矮小一点，穿上去非常合身。

蒋秀琴趁机说："雅云，你穿合身，就送给你穿好了。"

蒋雅云赶块说："琴姐，你好不容易做一条棉绸裤，怎么能送给我穿呢？想办法改一改，你自己穿吧！"

蒋秀琴说："小怎么改大呢？你莫嫌弃，给你穿吧！"

蒋雅云说："我不是嫌弃！"

蒋秀琴高兴地笑着说："你不嫌弃就好了！你相信我是心甘情愿的。"

蒋雅云脱口而说："我当然相信你是心甘情愿的，可是，我不心甘情愿，因为本该是你穿的呀！"

蒋秀琴央求说："裁缝师傅做定合你的身，你就穿吧！"

蒋雅云听了这话，心有所想，心有所悟，觉得这话是"此地无银三百两"，就立即拿起那条棉绸裤子，跑到街上找裁缝师傅。她问了几家裁缝铺，终于找到了给蒋秀琴做棉绸裤子的裁缝师傅，那师傅说完全是按蒋秀琴说的尺寸做的。

水落石出，真相大白了。蒋雅云跑回家责怪蒋秀琴说："琴姐，我不收票，你就用票买上棉绸给我做裤子，你怎么这样呀！你应该做给你自己穿呀！"

蒋秀琴亲昵地拉着蒋雅云的手说："雅云，我就是想让你先穿上棉绸裤子！"

"我不要，我坚决不要！"蒋雅云像小时候淘气似地说。

蒋秀琴见蒋雅云这样表了态，心中很是着急。她深知蒋雅云的性格，觉得要说服蒋雅云是一个难题。她想了想说："雅云，我的好妹妹，我已经讲了，我这身份还是不穿棉绸好，你体谅我吧！我求你了，这条裤子给你吧！"

"琴姐，你说你不宜穿棉绸的话，那是借口，我是懂的。我知道你就是想自己不穿给我穿。从小到大，你总是为我着想，让着我，顾着我。这次，你很想得到的东西，好不容易得到了，却想方设法送给我，我不要，你就求我要。世上怎么有你这样的人呢！我怎么有你这样的好姐姐呢！"蒋雅云把话说完就抱着蒋秀琴哭起来了。

"好妹妹，你知道了我的心，你就拿去穿吧！"

"我穿上，心不安的！"

"你安心穿吧！热天穿在你的身上，我心里会感到很凉爽的！"

蒋雅云反复咀嚼这话，品味出了蒋秀琴对她的深情厚谊。

深情难拒，厚谊难却，蒋雅云含着热泪领情，接受了蒋秀琴的馈送。

后来，蒋秀琴为了避免别人说蒋雅云划不清界线，有意疏远她，后悔不该送给她棉绸裤。但蒋雅云无所谓，不怕闲言碎语，她仍然常把"琴姐"两字挂在嘴边，也常在别人面前说她穿的棉绸裤是琴姐所送。

叶运鸿从坟山回到家里，打断坐在晒谷坪的蒋雅云的遥忆。上床睡觉，蒋雅云却没有睡意。她思念她的琴姐，希望鸡快啼，天快亮，她好去医院看望。

二十一

蒋雅云听雄鸡鸣叫了两遍，不等天亮就起床了。她将那坨瘦肉切成片，再剁细，和上配料开汤。肉汤煮好了，她用保温饭盒装好，准备出发。

蒋雅云坐在房门前等着，待雄鸡叫了第三遍，天蒙蒙亮时，她就立即出发了。从家里到医院，先要步行一段路，再乘坐汽车。她尽力以最快的速度走到乘车的地方，希望早点坐到汽车，早点赶到医院。可是，她在乘车的地方等了好久，还不见车来。她心里明白，一切都乱套了，车不准时到不足为怪。有一位乘客说有可能今天没有车开来了。听了这话，她更不安起来。

还算走运，等了一个多钟头，一辆载人的汽车开来了。蒋雅云像久雨后突然见到阳光一样兴奋起来，赶快坐上车。

蒋雅云走进医院的大门，想起失去丈夫和子女的蒋秀琴，如今自己又患上了中风病，不觉泪满眼眶。她怕见到蒋秀琴时，抑制不住眼泪，决定先到一处哭泣一场。她找到一个偏僻无人的角落坐下，哭泣起来。往昔深情厚谊酿成的泪水与近来同情怜悯酿成的泪水，积聚在心中，此刻如泉水一般从眼眶里涌出。她尽情放肆地哭泣洒泪，要把心中的泪水流尽，以便见到蒋秀琴时眼里无泪流出。然而，当见到蒋秀琴时，她还是两眼饱含泪水。

"琴姐，我给你带了点吃的来！"蒋雅云强装笑脸，竭力抑制泪水。

"雅云，多谢你来看我！其实，有雪梅招呼我，你应该放心了，不必再来了。"蒋秀琴感激地说。

"我想来看看你，昨晚睡不熟，总盼望天快点亮，我好来！"蒋雅云说。接着，她把保温饭盒递给在旁边的女儿雪梅，说："给妈尝尝，看味道好不好！"

叶雪梅把饭盒拿到蒋秀琴面前，打开盒盖，一股香气冒出来。

"好香啊！"蒋秀琴说。她高兴地往饭盒里看，又说："啊呀，瘦肉开汤！哪来的肉呀！"

"昨天中秋节，发了半斤肉票。"蒋雅云说完，后悔不该告诉蒋秀琴只发了半斤肉票。

"半斤肉，还省出来给我吃！"蒋秀琴感动得眼里有了泪珠。她看起来想吃，却对叶雪梅说："雪梅，你先尝尝！"

"您吃，我不吃！"叶雪梅谢绝道。

"就吃一调羹吧！"蒋秀琴央求说。

蒋雅云深知蒋秀琴的心思，她也叫叶雪梅吃一调羹。叶雪梅懂得了长辈的心意，就吃了一小调羹。蒋秀琴笑着对叶雪梅说："你只吃了半调羹，再吃半调羹，我再吃！"叶雪梅遵命又吃了一点点。

蒋秀琴见叶雪梅吃了，喜形于色。她毫不客气地吃起来，吃得津津有味，连肉带汤都吃了。

"味道还可以吧！"蒋雅云说。

"味道好极了！那里面有你的甜情香义呀！"蒋秀琴感慨地说。

"吃东西有味道了，说明你的病情减轻了。"蒋雅云高兴地说，"每餐多吃点，增加营养，病会好得快些。"

"我希望我这病快点好！雪梅招呼我太累了！我生病，她吃苦受罪哟！"蒋秀琴动情内疚地说。

"妈，你生病之时，正是我尽孝之日！我不感到苦和累。"叶雪梅说。

"唉！雪梅呀，我拖累了你哟！"蒋秀琴叹气说。

"你不要这样想，雪梅招呼你是应该的，你好好养病就是了。"蒋雅云说。

"雅云呀，你这个女儿是为我而生的哟！"

"雪梅是我的女儿，也是你的女儿。她是吃你的奶长大的呀！"

已到上午 10 时，给蒋秀琴看病的主治医师还未来查房，叶雪梅只好去找。她走到医生办公室不见那个主治医师，就向别的医师打听。她问了三个医师，都说不知道，问到第四个医师，那医师告诉他说，那个主治医师到外面造反去了。

"文革"开始后，医院的常规制度也砸碎了，只要说是"造反"，医师、护士都可以不上班了。前一天，叶雪梅找不到打针的护士，只得求助另外一个护士打针。今天，叶雪梅找不到主治医师查房看病，怎么办呢？她见第四个医师态度谦和，就向他求助。

"医师，您贵姓？"

"我姓张。"

"张医师，我求您去给我妈看看病好吗？"

"我是五官科医师，看不了内科。"

"唉——"叶雪梅长叹一声，泪满眼眶。

那张医师见叶雪梅无助失望，甚是同情，就说："我对内科也不是一无所知，我去问问病情，如果病情没有多大变化，我就照昨天主治医师开的处方，开出今天的用药，你看怎样？"

"好！好！有劳张医师了！"叶雪梅谢天谢地。

张医师来到蒋秀琴病房，详细地问了蒋秀琴的病情，测了血压和体温，查看了前一天的用药单，就按前一天的用药开了当天的用药。

按常规来说，医师开出了药方，会有护士按药方配药打针，可是这个常规也破了。叶雪梅不见护士来打针，就去寻找。她找了好久，才找到一个护士。这个护士态度还好，答应按方配置药水打针输液。可是，她大概是一个新手，扎了好几针才好。叶雪梅本想说她两句，但看到她满头大汗，也就没说什么了。待那护士走时，叶雪梅说："有劳你了！谢谢你！"

打针的护士走后，病房里没有外人，蒋雅云感叹地说："医师、护士都能随便离开岗位，病无人看，针无人打，这还是什么医院呀！"

蒋秀琴无奈地说："还是出院回家算了！"

时近中午，蒋雅云要回家了，临走时她安慰蒋秀琴说："琴姐，耐心一点吧，再住几天院，等病再好一些，就出院回家治吧！"

二十二

刘大元常常心想事不成，屡碰钉子，甚为苦恼。他在苦恼中思索，想开一个大会，提高大家的阶级觉悟，紧紧跟着他把大队的无产阶级文化大革命进行到底。

他想到上次召开的"斗私批修"大会，一点也没有开好，自己尴尬得下不得台，收不了尾，决心这次大会一定要开好。怎样开好这次大会呢？他想到会前多下功夫，做好充分的准备。为了不再像前一次大会那样自己唱独角戏，他把他的四个铁哥们找来开预备会，要求他们四人必须发言，而且每人发言的时间不少于 15 分钟。为什么他不提出最多不超过多少时间呢？因为他知道他们的肚才能讲上 15 分钟也就到顶了。除此之外，他还要求他们每人发动培植一人讲 5 分钟左右。他是这样估算时间的：他主持大会先作半个多钟头的讲话，四个哥们的发言一共为一个钟头，四个哥们所发动培植的四个人的发言一共为 20 分钟，他估计其他人是闭口不帮腔发言的，这样总共的时间就是两个钟头左右。他有经验教训，如果大会开长了，社员就阴三阳四开溜。为了调动社员参加大会的积极性，他规定参加半天（实际上是两个钟头左右）大会可得一天劳动的工分。虽然当时一个劳动日的工分只值那么一两角钱，但这是社员唯一的收入。他沾沾自喜，心想你社员不想来开会，但总想得工分吧！是的，在当时社员想的就是工分。出工劳动，绝大多数想的是拿到工分，对于干得多和少、干得好和坏，是不去想的。

刘大元认为会前的准备工作做到家了，就发出在队部召开大会的通知。

这天上午七点半钟，刘大元就到了会场，但是，社员在八点半钟后才稀稀拉拉入场，到了上午九点钟时，刘大元才宣布开会。

首先是他讲话，他说"我们必须牢牢记住，事事时时狠抓阶级斗争不放手。对人，不管是什么人，我们要看他的阶级出身，要看到那不可磨灭的阶级烙印；遇事，不管是什么事，我们要想到阶级斗争，抓住阶级斗争这个纲。"

他讲了半个钟头后，他的四大铁杆和栽培的那四个人没有冷场，都接着发了言，内容当然是从报纸上摘抄出来的文字。他们发言的时间和事先要求的也差不多，刘人元很满意。

大会进行到此，刘大元估计不会再有人发言了，就准备再总结几句就散会，谁知道叶雪梅站了起来要发言。叶雪梅是闻讯特地从医院赶回来参加这个大会的。刘大元看到叶雪梅要发言了，心里又惊又喜。他以为叶雪梅思想转弯了，帮他撑台子了。但是，他听了几分钟，才晓得叶雪梅不是撑台子的而是拆台子的。

叶雪梅没有写发言稿，是随口说的。她说人是受本阶级影响的，但是人还要受社会各方面的影响，思想、观点是不断发生变化的，甚至是脱胎换骨的变化。她既举出了出身剥削阶级家庭的人却成了革命者的实例，也举出了家庭出身好的人却成了背叛本阶级的反革命的实例。对于刘大元说的不管什么事都要想到阶级斗争都要抓住阶级斗争这个纲的观点，她反驳说难道犁田耙田插秧割禾都要抓阶级斗争吗？

叶雪梅的发言像一石激起了千重浪，到会的人你一句我一句都赞同叶雪梅的观点，刘大元看形势不对，就霸蛮地说了几句一定要抓阶级斗争的话，宣布散会了。

二十三

在医院的常规被破坏的情况下，叶雪梅无奈，只好叫她的琴妈妈（叶雪梅叫蒋雅云为"妈妈"，叫蒋秀琴也为"妈妈"，常有混淆不清之弊，于是叫蒋秀琴为"琴妈妈"）出院治疗。

叶雪梅想到她的琴妈妈突患中风时是罗老中医的药方令她起死回生的，于是她的琴妈妈一出医院回家，她就立即再去请罗老中医给她的琴妈妈治病。

叶雪梅走到公社卫生院找到了罗老中医，可是罗老中医早几天挨批斗，被打伤了，根本不能行走外出看病了。叶雪梅见到罗老中医时，不禁泪满眼眶。她心生对罗老中医的同情和怜悯，也为罗老中医不能到她家去治病而忧愁和失望。怎么办呢？她想了很久，最后决定请罗老中医开一个"隔壁方子"。这所谓"隔壁方子"是医师没见到病人，只听到病人的亲人详细说明病人的症状开出的药方。

叶雪梅请罗老中医开一个隔壁方子，罗老中医婉言拒绝，因为他明白自己如果出一点小差错，定会招来一场大祸。聪明的叶雪梅懂得罗老中医的心思，就诚恳地说明了两点。第一点是琴妈妈得了脑卒中，罗老中医是给她看了病开了药方，是吃他开的药起死回生的，又详细地讲述了她最近的症状；第二点是说这隔壁方子是她请求开的，一切后果由她负。她讲了这两点后，见桌上有纸有笔，就提笔写了不要罗老中医负任何责任的字据，递给了罗老中医。

罗老中医对叶雪梅早就心怀感佩之情，又听她说了这番话，写了字据，就开了一个隔壁方子。叶雪梅道了谢临走时，罗老中医将那张字据还给了叶雪梅，表示信任她，不需要字据。叶雪梅走后，罗老中医叹了一口气，暗暗在心里说：讲理的人，何需字据；不讲理的人，有字据又有何用！

蒋秀琴吃了罗老中医开的中药，病情逐渐好转。叶雪梅明知这种病不是十天半个月就能痊愈的，但她总是希望她的琴妈妈能尽快康复。于是，她到处打听寻医。后来，她听人说外县有一个王神医能用扎银针治疗中风，效果很好，她就决定去请。这位王神医的住处离叶雪梅家有一百五十多里路，当时又没有公路，步行一般要两天。

蒋秀琴对叶雪梅说："雪梅呀，这个王神医只是听说，不知是真还是假，路程又这么远，你还是莫去请算了！"

叶雪梅回答说："琴妈妈，既然我得到了这个消息，不管那王神医是真还是假，也不管路程多么远，我都要去请的。如果我不去请，我是吃不下饭睡不好觉的!"

叶雪梅这么一说，蒋秀琴很感动，也就不再劝她了。

二十四

这天，天刚蒙蒙亮，叶雪梅就启程去请扎银针的王神医。她出门时对家人说计划出进的时间是五天，去两天，回三天。回来为何多一天呢？因为回来是要请王神医来的，她估计王神医走得没她那么快，需要陪他走三天才能到家。

叶雪梅毫不停歇地快走，只花了一天半的时间就赶到了王神医家。王神医名叫王仁秋，年届八秩又八，且瘸腿，是不能外出治病的。这使她接神医治病的满腔希望成了失望，有如突遭雷霆，再加上连日赶路体力的透支，她两眼发黑，晕倒在地。幸亏王神医立即给她扎了一针，她才苏醒过来。

叶雪梅苏醒后，为请不到王神医到家给琴妈妈治病而痛哭起来。王神医知情后深为感动，但又感到爱莫能助。正在这时候，抬来了一个中风病人请王神医扎针。聪明的叶雪梅突然想到一个法子——仔仔细细看王神医怎样给中风病人扎针，自己学会了回去给琴妈妈扎针。她将自己的想法告诉了王神医，王神医觉得这是一个好办法，他很高兴，表示一定悉心教她扎针。

王神医给抬来的那个中风病人扎针。他一边动手操作，一边动口教叶雪梅如何扎针。他说中风病人一般会偏瘫，扎针主要是扎偏瘫的脚和手上的一些穴位。他拿出一张人体穴位图，告诉她应该扎哪些穴位，并指出每一个穴位的位置。他还说若针扎到了穴位，病人就会感觉到针头所到的部位有酸麻胀痛感；若没有酸麻胀痛感，就没有扎到穴位。

叶雪梅在王神医扎针的现场，仔仔细细地看，认认真真地听。为避免遗忘，她还做了一些笔记。当天夜晚，她向王神医买了一些银针，在自己的手和脚上试着扎针。第一遍，她请王神医看着扎，看她扎到穴位没有。待王神医走后，她又在自己的脚手上练习了两遍。这天深夜，她还没入睡，反反复复地记该扎的穴位和每一个穴位所在的部位。

第二天上午，来王神医家扎针的病人很多，王神医忙个不停，叶雪梅在其旁聚精会神地观看。王神医的一举一动、任何一个细节她都看得仔仔细细。王神医对叶雪梅学扎针的执着和虚心十分欣喜，更为叶雪梅意欲尽快治好母亲的病的一片孝心所深深感动。

下午，家里来了一位中风偏瘫病人，王神医提出要叶雪梅去动手扎针。叶雪梅为得到这难得的扎针机会万分高兴，却又有一些胆怯。王神医对她说："有我在旁边看着，你大胆地去扎！"于是，叶雪梅就动手给那位中风偏瘫病人扎针。她非常沉着细心，针针都扎到应扎的穴位上，没出一点差错。王神医看得又惊又喜，他没想到叶雪梅这个年轻女子如此悟性非凡、心灵手巧，实在是一个难得的针灸奇才。

在往昔的岁月里，曾先后有多人想认王神医为义父，也有多人想拜他为师做传人，而他也曾有意寻觅亲人、传人。但是，前前后后没有一人令他动心相中。岁月荏苒，而今年近九秩的他，常为他所珍爱的医术无人接棒而忧虑。见到称心如意的叶雪梅，他认为是老天爷对他的怜悯和眷顾，给他送来了传人，于是脱口而说："姑娘，我想求你跟我学医，做我的传人，你愿意吗？"

王神医的话完全出乎叶雪梅的意料，她愣了一下，然后显得很有教养，先表示对王神医的器重万分感谢，再说明家有偏瘫母亲需要她服侍，她不能脱身。她深感王神医的医术不能失传，就说："王老神医，您这高超的医术怎么不传授给您的儿孙呢？"

叶雪梅这句冒昧的话，触发了王神医对往事的遥忆。

王神医是先天左腿残废，四岁后才能拄棍跛行，但他的智商超人。五岁时进私塾读书，过目不忘，甚得熟师青睐。由于家境贫寒，九岁辍学，后来跟隔壁一位老爷爷学习针灸。他心灵手巧，甚得老爷爷的器重。老爷爷毫无保留地把自己的医术传授给他，他青出于蓝而胜于蓝，走上了用针灸为人治病而谋生之路。他精益求精，医术与时俱进，以至炉火纯青，针到病除，遂获"王神医"之称。

在他二十三岁时，他用针灸治病，在方圆百里已经颇有名气。一天，有郑氏父女两人慕名远道而来，父亲是带女儿来治病的，这郑氏女子名叫郑春花，已有十八岁了，在十四岁时上山砍柴禾，从悬崖上摔下来，断了右腿。后来请水师（水师指会接骨的民间医师）接好了骨，但总是疼痛不能行走。父亲带她走了好多地方去医治，但总是疗效甚微。这使郑春花痛苦不堪。随着年岁的增长，她越来越苦闷彷徨，痛不欲生。她常想若有能人治好她的腿，她就嫁给他为妻，服侍他一辈子以报答恩情。郑春花经王神医两个月的针灸和按摩治疗，竟奇迹般地完全康复了，行走自如。这两个月，她吃住在王神医家，王神医的母亲待她如同自己的闺女，这使她爱上了王神医这个家；而王神医给她针灸和按摩两个月，总是认认真真，一丝不苟，人品极好，医术非凡，这使她爱上了王神医这个人。在她的眼里，王神医年轻英俊，脚疾是微瑕，无伤大雅。春心萌动的她欲与大她五岁的王神医结成连理，她大胆地向王神医倾吐了真情，但忠厚善良的王神医虽然心爱容貌秀气、性格温柔的她，却婉言谢绝，说自己身残配不上她。听了王神医这话，她更加感受到王神医的心灵之美，非嫁给他不可。她有一对蝴蝶发夹，赠送了一个给王神医，而王神医将家传的一个玉镯赠送给了她。可是，她父母的坚决反对，有如泰山压顶。她多次央求无用，而又得知父母在托人为媒，要她嫁给别人，气得她大哭一场，深感山穷水尽，十分绝望，于是悬梁自尽。王神医得知她殉情的噩耗，卧床绝食。他父母相劝无效，就跟着不进水米。百善孝为先，绝食三天的王神医看到父母，想到父母的养育之恩，就要他的父母同他一起进食。但他立誓：她能毅然为我而死，我要终生不娶而生，心中永远装着她，记着她。在后来的岁月里，虽有数人说媒，但他总是一口回绝。

他以针灸治病谋生，赡养父母。由于他医术精妙，登门求医者多，收入可观，生活过得还算宽裕。后来他的双亲去世了。从此，他孑然一人。若说他还身有一伴的话，那伴就是他心中的那朵春花。那朵含苞欲开的春花为他而萎落，却装在他心中永不凋谢，与他相伴，给他温暖，给他美满，为他撑起生活风帆的力量。他很满足，别无他求。白天，他全身心行医治病救人，只求手到病除，以病人痊愈为快；深夜，人们常听到他那婉转悠扬、低回惆怅的洞箫之声，洋溢着他那追思怀念之情。

王神医将自己的人生经历全盘托出，叶雪梅深为同情，尤其是王神医与郑氏女子的笃情真爱与她满腔的真爱笃情相汇合流，在她心中掀起了狂波巨浪，更加坚定了她情爱不移的情怀。

得知王神医人生经历的叶雪梅，也坦然毫无保留地将自己的遭遇告诉了王神医，从而更加具体地说明了她有心在家尽孝不能离乡跟他学医的原因。

王神医听后，叶雪梅不移的笃情真爱令他动容感叹不已。对于叶雪梅这位巾帼奇人，他更加青睐器重了。他觉得既然有缘相见，决不能失机错过。他想，她不能离家跟我学医做传人，就求她做我的义孙女吧！他说出了自己的心愿，并且说明并非要她到膝下尽孝，只求在他走到人生尽头之时，有她出现，为他做一件事。他还说做这件事不难为她花费钱财，只需她劳心劳力。叶雪梅很想知道是什么事，他说这件事现在保密，到时候她自然会知道的。

对于王神医的恳求，宅心仁厚的叶雪梅行跪拜之礼表示真心实意接受，王神医开怀大喜。

第三天清晨，叶雪梅本想启程回家，但看到接连抬来了几位病人，她就决定再学习半天，下午再返家。她想只要走快一点，花一天半时间赶回家，这样出进还是五天，没有延期，不会让家人担心牵挂。她把自己的想法告诉王神医，王神医本来就舍不得她走，一听说她想留半天学扎针，欣喜有加。这天上午，王神医尽量让她动手给病人扎针，让她熟练地掌握扎针的技巧。他还教她如何辅以按摩增强疗效，并叮嘱她要坚持天天搀扶其母活动筋骨。

下午，叶雪梅临走时，王神医送了两套针具给她。叶雪梅走在路上还惦念着她的义祖父王神医，不知要她完成一件什么神秘的事。

二十五

叶雪梅回到家里后，既抓中药给琴妈妈吃，又自己动手天天给琴妈妈扎针、按摩，并搀扶其行走活动筋骨。这使琴妈妈的病情好转，胃口好多了，饭量大增。饭量大增是好事，叶雪梅很开心。可是，在那时，叶雪梅要让琴妈妈每餐吃饱饭却是一道难题。

那时，大家出集体工劳动，只考虑得多少工分，不关心劳动的效益，懒散拖沓磨洋工，"出工不出力"。因此虽既无旱灾，也无水涝，但田地里总是长不出好庄嫁，年年歉收，家家缺吃少穿。

"饭少瓜菜代"这话，当年人人皆知。叶雪梅为了让她的琴妈妈吃饱饭，自己就多吃蔬菜少吃饭。起初，琴妈妈没注意，但是过了一些日子，她发觉了，她的筷子也不断地往蔬菜碗里夹，叫叶雪梅少装些饭给她。

"琴妈妈，您多吃点饭，病才好得快！"叶雪梅恳求说。

"雪梅，我的好女儿，你每天脚不停手不歇，太劳累了，不能餐餐多吃瓜菜省饭给我吃啊！"蒋秀琴含泪道。

"琴妈妈，我年轻身体好，你不要担心我。"叶雪梅恳切地说。

叶雪梅学会了一锅煮出一半稀一半干饭的技巧，自己吃稀的，把干的装给她的琴妈妈吃。可是，没过多久，精明的琴妈妈又察觉了，争着吃稀的饭。她说："雪梅呀，你要明白，你是我的靠山，如果你把身体拖垮了，我靠谁呀！"叶雪梅说："琴妈妈，您恢复病体，连饭都不能吃饱怎么行呢？你别担心我，我年轻身体好，多吃点少吃点没关系的！"

喝粥是度饥荒的法宝之一。叶雪梅又想出一招，说自己《上火》了，要喝粥《清火》。可是，蒋秀琴心如明镜，一清二楚，也说她也《上火》了，不能吃干饭了，非喝粥《清火》不可。

心中装着小时候奶奶多次讲的《二十四孝》故事的叶雪梅，千方百计想从自己的口里省点粮出来，让她生病的琴妈妈吃饱，但是，她想出的招都被她的琴妈妈识破了。

她常担心米缸里无米下锅。有几次，她估计米缸里应该无米了，可是她打开米缸盖一看，竟然还有米。她开始觉得奇怪，莫非真的感动了观音菩萨发慈悲了？后来，她静心一细想，心里完全清楚了。

有一次，雪梅问妈妈：

"妈妈，我的米缸为何总不见底呀！"

"你没吃完，自然不见底嘛！"

"妈妈，是您这个观音菩萨施恩吧！"

"我是什么观音菩萨呀！"

"妈妈，你同我一样缺粮，我哪能忍心从你和爸口中夺粮呢？"

"这样缺吃的日子，我们过惯了，你不要担心我和你爸！"

"妈妈，你这样做，会叫我掉头发的呀！"

"雪梅呀，我不是为了你，我是为了我的好姐妹，希望她能吃得饱一点，早日康复！"

叶雪梅深知两个妈妈之间的深情厚谊，就不再说话了，只是眼里噙满了感动的泪水。

这缺粮少吃的日子，让叶雪梅饱尝艰难度日之苦，但她千方百计要让琴妈妈吃得好一点，吃得饱一点，以尽她的孝心，她的心里是甜的。事实上，蒋秀琴并未吃得多么好多么饱，但她感到了叶雪梅的一片孝心，日子过得如意顺心。

二十六

日月推移，时令已入隆冬，今天是农历腊月初一了。二十年前的今日，周冰松从母腹中降临人间。那天，冰天雪地，而门前的那棵松树依然无畏地抬头挺胸傲立着。父亲周有为见此情景，将儿子取名为冰松，希望儿子像松树一样不畏冰冻，性格坚强。

自周冰松的母亲蒋秀琴生病以来，立誓代周冰松尽孝的叶雪梅一心扑在为蒋秀琴治病的事上，无力顾及对周冰松的思念。今天是周冰松的生日，她情怀翻腾，思念之情天高地厚，无以复加。

晚餐后，叶雪梅安排好她妈妈陪伴琴妈妈，让这亲如姐妹的两个人聊天叙旧，自己如同出门做客一样，梳妆打扮了一番。

夜幕徐落，乌云密布，似有风雨来临。这萧然的氛围，倒适合叶雪梅的心境。她拿了一个苹果，并带上她儿时常吹的洞箫，前往周冰松的坟地。

爬上坟山，不见其人，唯见其坟，叶雪梅泪水滂沱。她把带来的那个苹果摆在坟前，低沉哭诉："冰松，今天是你的生日，我来看你了，你吃苹果吧——"话说到此，她大哭起来。她止不住地哭呀，哭呀，那积于心中的悲痛要纵情地哭泣出来啊！

她足足哭了半个多钟头才止住，回想起她与周冰松小时候的生活。

她妈妈多次说了她与周冰松虽不是同胞所生，却是共乳所长。

妈妈生了她之后，大病一场，没有奶给她吃。周冰松比她早出生十天，是周冰松之母——她的琴妈妈喂了她十个月的奶。而且，在那十个月中，她喧宾夺主，吃的奶多，而周冰松吃的奶少。也许这共乳所长，是她与周冰松恩爱之源吧！长大懂事后，她铭记琴妈妈的哺乳之恩，也牢记分享周冰松母乳之情。

在幼小之时，她总以为叶运鸿和蒋雅云是她的父母，而周有为和蒋秀琴也是她的父母，她是这俩爸俩妈的掌上明珠，最有撒娇的资本。

她记得四岁时，那年赶春社，周有为买了两串油煮粑粑，给周冰松和她各一串，要强的她要多吃一个，从周冰松的那一串里弄了一个吃了。周有为还买了两个喇叭回来，给周冰松和她各一个，她俩拿到各自的喇叭就吹起来，她听到周冰松的喇叭声音大一些，就要跟周冰松调换一个。她多吃了一个油煮粑粑，周冰松没作声，但她提出要调换喇叭，周冰松不准了。一个要调换，一个不调换，两人都生气了。

蒋秀琴把冰松叫到旁边，讲了"融四岁，能让梨"的故事。说来奇怪，周水松小小年纪，就从善如流，听了妈妈讲的故事，就立即同意交换喇叭。小雪梅如意了，对着小冰松笑了起来。后来，蒋雅云得知这件事后，她对女儿雪梅也做足了教诲。

第二年春社，周有为又买回两串油煮粑粑给周冰松和叶雪梅。周冰松从自己的那一串上取下一个递给叶雪梅，叶雪梅不接，说："我懂了，我不多吃了！"周有为这一次买回两管洞箫给周冰松和叶雪梅，周冰松对叶雪梅说："任你选一根好不好？"叶雪梅说："我不选，我闭着眼拿一根好了。"

从此，周有为开始教这两小吹箫。也许是有遗传基因吧，冰松很快就掌握了吹箫的要领，转而向雪梅施教。这个仅比雪梅大十天的冰松，手把手教雪梅吹箫，俨如大雪梅三四岁的兄长，令雪梅佩服。一小耐心地教，一小会神地学，其乐融融。此后，这叶周两家常常传出两小吹出的箫声。吹箫渐渐成了这两小共同的爱好，也加深了两小的情义。

柳河边的人，都有从小就下河洗澡游泳的习惯。周有为要带六岁的周冰松下河学游泳，叶雪梅也要跟着去。于是，周有为就带着这两小下河游泳。周有为先教叶雪梅怎样游泳，周冰松在旁边观看。待到周有为教会了叶雪梅游泳时，在旁观看的周冰松也会游泳了。从此，周有为常带着这两小下河洗澡游泳，这两小学习各种泳姿，比赛游泳，还学会了泅迷子（潜水）。

周冰松和和叶雪梅小时候常到柳林沙丘一起玩耍，也常帮家里扯猪草。每次扯猪草，他俩总同去同归，猪草扯得多的总要拿一些给扯得少的，使两人的猪草一样多。

纯真无邪、亲密无间的童年生活在叶雪梅的心中如电影一样一幕又一幕地出现。她一一回味，心里充满着儿时的甜美。

回忆结束，叶雪梅长长叹息一声，哭泣说："冰松呀，儿时的一切一去不复返了，而如今的悲痛刻在心中抹不去啊！"

她想了想说："冰松，你一定知道你的母亲身患重病。但你不要担心，有我尽孝，我会尽力把她的病治好，你就等待她病愈的消息吧！"

她的目光落到了摆在坟前的那个苹果上了，痴痴地说："冰松，怎不见你吃苹果呀！今天是你的生日，我知道你在阴间快乐不起来的！我也实在说不出祝你生日快乐的话。唉，如今你我阴阳相隔，怎么快乐起来呀！"泪水顺着她秀丽的脸颊不断流下。

时过三更，寒风不断，冷雨连绵。叶雪梅拿出她的那管洞箫，欲为周冰松的生日吹上一曲以表祝贺。然而，心中无尽的悲痛令她吹不出声，她只好拿着那管洞箫无奈地下山了。

雨大了，朔风袭人！

二十七

昼夜更替，又是十天过去，今天到了农历腊月初十。二十年前的此日，蒋雅云分娩，生下一个女婴。叶运鸿觉得周有为比自己有学问，要他取名。这天，依然冰雪封地，院子里的一棵腊梅正傲雪开放，周有为就将这个女婴取名为雪梅。叶运鸿高兴而意味深长地说："取得好！也对得好，一个冰松，一个雪梅，都无畏严寒冰冻！"

叶雪梅记得，从她记事起，她的每一个生日，都有周冰松和她共度同欢。

今天，她的爸妈备了酒肴，与琴妈一起同她共进午餐，为她贺生。深懂百善孝为先的她，起立拿着酒怀说："爸、妈、琴妈，你们的生养之恩没齿难忘，敬你们一杯酒！"她说完便一饮而尽。她从不喝酒，这是她人生第一次喝下满满的一杯酒。她面带笑容，但看得出那是强抑心中的痛苦装出来的笑。是啊，此时此刻，她怎不想到她失去的心上人呢！

这餐桌上有鸡肉，也有鱼肉。鸡是她妈所养的，鱼是她爸深夜下河所捉的。依照当地的风俗，办酒席猪肉是餐桌上的一道主肴，但这时猪肉少有，凭票供应，猪肉票难得，所以，这天的餐桌上没有猪肉。叶雪梅默不作声，夹了一块鸡肉和一个小鱼放在一个碗中。

叶雪梅的心境，她的爸妈是一清二楚的，于是他们尽快吃罢散席。

这天入夜之时，叶雪梅提着一个装有鸡肉和鱼肉的布袋，带上她的洞箫，往周冰松的坟山走去。

来到坟前，叶雪梅摆出祭品，哭泣说："冰松，又是十天过去了，你一定记得今天是我的生日。爸妈为我贺生，我不见你，心如刀割。如今你我只能这样相聚了。我带来了鸡肉和鱼肉，让我看着你吃吧！"

叶雪梅坐在坟前，如呆似痴，凝视着祭品，久久不语。

腊月戌时，寒风刺骨，万籁俱寂。叶雪梅仰天长叹一声，徐徐回忆起她同周冰松的同窗生活。

叶雪梅和周冰松七岁时一起入学。小学的校园原为一豪富的大宅院，内有一个大花园，成了学生游玩的胜地。

大花园里有一口大泉井，地下水汩涌而出，可谓一道赏心悦目的景观。继而那股大泉水流入一个人造小湖里。人造小湖面积有二十多亩，里面有小船供人游湖。叶雪梅和周冰松曾多次坐船游玩。湖中心还修建了一座很美观的房屋，修有一木平桥和一石拱桥供人出进。

大花园里有一座非常引人瞩目的假石山。据说那假石山是用鸡蛋清将石头一块一块地粘接而成的。这座假石山不是实心的，内有多条通道相接，可上可下，有几个出进口。更叫人称道的是这假石山设有三个伞把亭。每个伞把亭有上中下三层，都有通道连接。叶雪梅同周冰松两人最喜欢到假石山的通道里躲诈（捉迷藏），也常到伞把亭中吹箫、读书。

大花园里有各种奇花异卉，尤其引人观赏的是那数十棵硕大的连成片的腊梅。叶雪梅记得一年冬天，下了一场大雪，而那腊梅是那样不畏严寒，斗雪开得红艳艳的。周冰松兴高采烈地观赏了那景色，对她说："你的名字太好了，不怕冰雪的梅花！"她听了周冰松的话，也感觉自己的名字的确好。她又思忖了一下，对周冰松说："你的名字也很好，你是不怕冰雪的松树呀！"周冰松笑了起来。

叶雪梅和周冰松想看看冰天雪地下松树的英姿，可惜花园里没有松树。于是，他俩就走出校园，终于在一个村头看到了一棵傲立在冰雪中的大松树。叶雪梅兴奋极了，朝那松树跑去，她得意忘形，只顾抬着头看树，不看脚下的小路，不慎踩虚了一脚，喊出"唉哟"一声，脚崴伤了，痛得不能走路。周冰松赶快把她背回学校请医师治疗。她有一个礼拜不能行走，这七天是周冰松背她进餐，背她入厕。

在小学一至三年级，叶雪梅和周冰松的心里充满了阳光，充满了甜蜜。但是，好景不长，当他俩踏进四年级不久，周冰松的爸爸周有为被划为了"右派分子"，被遣送回乡改造。这对才十来岁的两个小孩来说，犹如晴天霹雳。他俩泪眼相望，决定不读书了。后来，经父母的劝告，他俩才继续在校读书。但是，从此他俩心中有了阴影，再没兴趣下湖划船，也不去假石山里躲诈了。他俩只遵守校规，发奋读书。

他俩之间从此更加心连心了。在苦日子里，吃粮定量，吃不饱，他俩总是你想将自己的饭夹一坨给我吃，我想将自己的饭夹一坨给你吃，不顾自己吃不饱，只想让对方吃饱一点。

有一次，叶雪梅偷偷地夹了一坨饭正要放到周冰松端着的碗里，周冰松发觉了，就将碗挪开，结果那坨饭掉到地上了。周冰松想那坨饭太珍贵了，是叶雪梅对他的一片金子般的心意，就从地上抓起那坨饭放到口里吃了，根本不管粘了多少灰尘。叶雪梅完全懂得周冰松的心思，感动得流泪了。

有一次，周冰松将手中的一个熟红薯掰了一半递给叶雪梅吃。可是，叶雪梅觉得周冰松是男孩子食量大，不吃他的，要他一人吃。

周冰松见叶雪梅不吃，他也不吃。过了好久，叶雪梅只好吃了半个，这时候周冰松才高兴地吃下另外半个。

1960 年下学期叶雪梅以优异的分数考进了初中。那时候还不怎么看重家庭成分，考试成绩优异的周冰松也被录取了。他俩分在一个班，又是同桌。同村的刘大元也考上了，也分在他俩的那个班。

进入初中后，周冰松学习非常用功。学生手册的第一页印有《钢铁是怎样炼成的》里面的一段话，"不因碌碌无为而羞耻"和"不因虚度年华而悔恨"这两句，刻到了他的心里，成了他发奋读书的动力，他的成绩在班上总是名列前茅。叶雪梅见周冰松勤奋读书，自己也刻苦用功，于是，他俩的学业成绩难分伯仲。

一次语文小考，周冰松比叶雪梅多零点五分，名列第一。周冰松看了试卷发现他有一道题不应得满分，应要扣一分去。他告诉老师，老师扣了他一分。这样，叶雪梅比他多零点五分，排了第一。

周冰松这样的品行，叶雪梅由衷欣赏和佩服，但是，这时候她已不再希望自己的成绩比周冰松更好了。

在小学的时候，叶雪梅虽然同周冰松亲密无间，但在学业上她是有争衡思想的，希望自己的成绩在周冰松之上，考试的成绩，若周冰松比她好，她内心就有一点失落；若她的成绩比周冰松好，她心里就有一丝窃喜。进入初中一年后，她的想法发生了变化。考试成绩，若周冰松比她好，她暗自高兴；若周冰松比她差，她倒感到失望。

叶雪梅想法的变化，还表现在她总希望周冰松在她视域之内，有了"一日不见如三秋兮"之感。她喜欢同周冰松在一起谈笑或研讨问题，若见别的女同学向周冰松讨教什么问题，她就赶快参与其中。

叶雪梅还逐渐开始庇护周冰松。同班的刘大元也喜欢叶雪梅，总想亲近她。可是，她瞧不起他，不理睬他。刘大元看到她不理自己，却对周冰松要好，非常妒忌，总想在她面前说说周冰松的坏话。他找不到周冰松的缺点错误，就说周冰松的爸爸。

有一次，刘大元对叶雪梅阴阳怪气地说："冰松本人好是好，但有个戴帽子的爸，也就好不到哪里去了啊！"叶雪梅立即反击说："比你好一千倍，好一万倍。"

初中毕业考高中，刘大元因成绩差没录取，周冰松因家庭问题没录取，刘大元对叶雪梅说："冰松也同我一样进不了高中。我进不了高中身上没有霉气，他身上的霉气永远洗不掉，你说是不是？"叶雪梅反击说："燕雀哪能与鸿鹄比！冰松进不了高中，凭他的聪明才智，也能自学成才，你凭木头脑壳能做什么？只能面朝黄土背朝天！"她这句狠话伤了刘大元，使刘大元不仅记恨于她，还迁怒于周冰松。

初中毕业后，叶雪梅进入高中学习，周冰松在家自学。叶雪梅为周冰松找齐高中的课本和参考资料，还将老师在课堂讲的重点和难点讲给他听。后来，叶雪梅又介绍周冰松到她的任课教师那里去请教。由于周水松聪慧、谦虚，各科教师都乐意指教他。第一个学期期末考试，叶雪梅想方设法使周冰松以旁听生的资格参加了考试。令人想不到的是周冰松的各科考试成绩都遥遥领先，周冰松十分高兴，叶雪梅更加高兴，学校老师也惊喜不已。

叶雪梅同周冰松的情爱，随着时间的步伐，由朦胧趋向明朗，双方的父母看在眼里，喜在心头。

往事如在目前，叶雪梅回忆起来，心中五味杂陈，泪流满面，思潮翻滚：

幼稚无猜心相印，同窗情爱如海深。

但愿成双比翼飞，谁知美梦成泡影。

水中之月犹见月，心仪之人何处寻？

满腔悲痛化为泪，宛若江水流不尽！

叶雪梅拿出久弃不用的洞箫，她要将自己的感言谱上曲调，吹奏出来。听啊！那静夜的箫声是那样婉转低沉、悠扬漫回，吹出了一腔不尽的思念，吹出了满怀无穷的悲伤！

深夜，风寒刺骨，叶雪梅怅然而返。

二十八

　　蒋秀琴患病后，叶雪梅每天要烧火煮饭菜、熬中药，给蒋秀琴喂饭喂药，倒水洗脸洗脚，倒屎倒尿。后来，她每天天一亮就起床给蒋秀琴按摩手脚，早餐后出工前，搀扶蒋秀琴走动半个钟头，中餐后给蒋秀琴扎针，晚餐后又搀扶蒋秀琴走动半个钟头，晚上还要给蒋秀琴按摩半个钟头。一天在家里要做这么多事 她还尽量不耽误出集体工挣工分。蒋雅云见她每天忙得透不过气来，就将熬中药的事揽了过去，这样减轻了她一点点负担。

　　蒋秀琴见叶雪梅每天都这么不要命地为她忙碌劳累，内心万分不安。这天夜晚，叶雪梅走到她床前给她按摩，她让叶雪梅停下，她有话要说。

　　"雪梅呀，我这个病害苦了你啊！"蒋秀琴动情地说。

　　"琴妈妈，我当然希望你健健康康不生病，但是，既然你得病了，我就要竭尽全力给你治病。这怎么是害苦了我呢，我倒认为这给了我一个尽孝的机会。"

　　"唉，天未亮你就起了床，三更半夜才入睡，一天没歇一口气，实在太辛苦太劳累了！"

　　"我这一天是辛苦是劳累，但这种辛苦劳累是我心甘情愿的，乐而为之的，我就不感到辛苦和劳累了。我每天晚上睡在床上，想到我这一天把我应该做的事都做了，心中就无憾了，就愉悦了。"

　　"雪梅呀，辛苦劳累一天两天、三天五天，问题不大。可是，你这累日累月地辛苦劳累是不行的。人不是铁，就是一块铁还要生锈呢！"

"琴妈妈，你不要担心我。我会注意自己身体的，如果我身体垮了，生病了，谁来招呼你呢！"

"雪梅，你能这样想一想，我就放心了。千万不要为了一个老的，拖垮一个少的啊！"

"琴妈妈，我向你保证，我一定注意自己的身体。你切记不要担心我，只要坚强地与疾病作斗争早日康复就好了。"

"雪梅，你放心，我会顽强地与病魔作斗争的，争取尽快康复。"

"琴妈妈，我相信只要坚持既吃中药又扎针、按摩和活动筋骨，康复指日可待。"

"雪梅，除了你说的吃中药、扎针、按摩和活动筋骨治疗之外，再加上更重要的回春灵丹妙药，我的病不痊愈才怪呢！"

"琴妈妈，你还吃了什么回春灵丹妙药，我怎么不晓得呀！"

"雪梅，那你就猜一猜吧！"

"琴妈妈，我怎么猜呢？我一点也不知道怎么去猜！"

"雪梅呀，那可真是回春灵丹妙药，吃下它，不吃中药，不扎针，我的病也会好的！"

"琴妈妈，我真是云里雾里了，究竟是哪个神医开了什么回春灵丹妙药给你吃呀！"

"雪梅，你猜不到，我就告诉你吧！这个神医不是远在天边的别人，而是近在我眼前的你。这回春灵丹妙药是什么呢？就是你的一片孝心啊！"

"琴妈妈，你太夸张了。我的这点孝心，哪是什么回春灵丹妙药啊！百善孝为先，尽孝是我的义务，更是我的心愿。"

"雪梅，我不是夸你，像你这样尽孝的人，世上少有啊！"

"我还尽得不够。我要尽我自己的一份孝心，我还要替冰松尽一份孝心，两份孝心我一肩挑，我还没挑好！"

"唉，我常常想，难道是你前世欠我的，这世要还呀！"

"琴妈妈，我不知道我前世欠不欠你的，但我知道我今生欠你的，你的哺乳春晖，我怎么报答得完呢！"

"雪梅呀，说我八字命运好，我怎么一时既失去丈夫，又失去儿女呢！说我八字命运不好，我怎么能得到你这个宝贝呢！"

"琴妈妈，不要再想那失去的，你就想还有我在你的膝下呀！"

"雪梅，有了你的一片孝心，在病魔中煎熬的我，心中是愉悦的，享受着幸福！"

"琴妈妈，我能招呼你，孝敬你，我内心也感到愉悦，也是一种幸福。"

"好孩子，总而言之，言而总之，一句话，你太好了！不早了，早点休息吧！"

"好，就说到这里，现在我给你按摩吧。"

"时间不早了，今晚就莫按摩了。"

"不，不能间断！"

叶雪梅说完，就认认真真地按摩起来了。

二十九

蒋雅云看到时钟到了上午九点半，就端起熬好了的中药往蒋秀琴的住房走去。她从女儿的手中接过熬中药的任务后，每天上午九点半钟熬出头道药送给蒋秀琴吃，下午三点半钟熬出二道药送给蒋秀琴吃，从未误时。

"琴姐，该吃药了。"蒋雅云走到蒋秀琴的住房说。

"雅云，辛苦你了！"蒋秀琴面带笑容感激地说。

"不要说这见外生分的话！"

"唉，你这天天熬药给我吃，我确实过意不去，内疚啊！"

"琴姐，你生病了，我能出一点力，为你熬熬药，才心安一点。"

"唉，你对我太好了！"

"琴姐，从小到大，如果说我对你的好有三分，那么你对我的好就有七分。"

蒋秀琴吃了药，要蒋雅云再坐坐，谈谈白话。

"云妹，患难见真情啊！对于我这个家庭出身的人，你不去划清界线，不弃不离，依然亲如姐妹，少有啊！"

"你我之间，没有什么界线可划。小时候，我俩一起玩耍，一起打猪草、砍柴禾，后来又同时进私塾读书，总是形影不离。长大了出嫁，你我的婆家又是一墙之隔的邻居，我俩依旧亲如姐妹，互帮互助。我生了雪梅就患病，没有奶给她吃，是你喂奶给她吃，让她成活长大。过苦日子时，为了自己活命，多少父子兄弟都各人顾各人，抛弃了骨肉亲情，可是，我俩的情义依旧。我俩上山挖野菜、捡菌子，不管谁多谁少，回家总是一人一半。棉绸裤子的事更令我难忘，你将自己抓阄得到的棉绸要让给我，我当然不接受，你就暗暗地按我的身材做成裤子，哄我说你穿小了，给我穿，这是什么情感!"

蒋雅云动情地说了这一通话后，停了停，又满含深情说："琴姐呀，我俩之间有什么界线要划呀!"

"雅云，人言可畏。我就是怕别人说你立场不稳。"

"别人说三道四，就让他说，我不管不怕，我的性格你是晓得的。说到哪里去，你绝不是我的敌人，你我永远是好姐妹!"

"雅云，在这年头开口闭口就是阶级斗争，你就听我一句劝，在别人面前，你不要对我显得过分亲密了吧!心中存知已，何须挂脸上。"

"好，我听你的。你放心吧!"

接着，蒋雅云询问蒋秀琴的病情，蒋秀琴告诉她，说最近一身感到轻松多了，脚手也有力了。蒋雅云听蒋秀琴这样一说，喜出望外，说："难怪这几天喜鹊喳喳叫!"

蒋秀琴满怀感激地说："我病了快五个月了，多亏你夫妇俩和雪梅对我的关心和招呼啊!"

"这是情所当然的，也是理所当然的。我们做得还不够!"

"你们太好了!雪梅是你专门替我生的，没有她我哪还有命呀!"

"你言重了，她所做的，都是她应该做的。"

"她所做的，是常人做不到的。她用口把黏结在我喉咙里的痰吸出来，她用手把阻塞在我肛门里的粪便一点一点抠出来，天下只有她才会这样做吧!要不是她这样不怕脏去做，当时我就已经走了!"

"雪梅当时不顾一切那样做，是难得的。她是我的好女儿，也是你的好女儿，她是吃你的奶长大的。"

"雅云呀，我常常想，我前世做了什么好事，今生得到雪梅这样一个好女儿啊。"

"琴姐，你的哺乳之恩大于天，她是寸草报春晖罢了。"

"她那个人，只要有滴水之恩就要涌泉相报的。为了治好我的病，她屈膝下跪于卫生院造反派头头面前，请求允许罗老中医外出为我看病；她千方百计借钱送我到县人民医院治疗；她步行一百五十多里路，请王神医给我扎针，王神医年高，不能前来，她就自己学习扎针技术给我扎针。这一切，实在难为她了。"

"雪梅总是想让你快一些病愈康复。她能这样做真没有枉为我们的孩了！"

"雪梅太辛苦劳累了。她每天要出集体工劳动，在家里要烧火煮饭菜，喂饭菜给我吃，倒水给我洗脸洗身，给我倒屎倒尿，还要给我扎针，给我按摩，搀扶我走动。她这样劳累不是三天五天，而是快五个月了，五个月如一日呀！"

"琴姐，雪梅年轻身体好，累不倒的，你就莫担心她。"

"我可真担心，为了一个老的，累坏一个少的呀！"

"你放心吧，你只管养病，争取早日康复。"

"雅云，我一定好好养病，争取尽快痊愈。"蒋秀琴伸出手握住蒋雅云的手说，"唉呀，今天跟你说了半天了，把这些话说了出来，我舒坦多了。时间不早了，不说了，我知道你一天的事多，该回去做你的事了。"

蒋雅云临走时，用双手握着蒋秀琴的一只手，握了好久，两人都未言语，真是无言胜有言！

三十

叶运鸿闩上门，正准备睡觉，忽听到敲门声，就去开门，来者不是别人，正是他不愿理睬的刘大元。他想关上门，刘大元赶紧侧身挤了进来。

"运鸿叔，请允许我和你谈谈心！"刘大元恭敬地恳求说。

叶运鸿心里想，也好，倒看看他说些什么，于是就叫他到堂屋里去，两人面对面坐着。

刘大元首先认错，说："运鸿叔，我知道我犯了滔天大错，我后悔晚了。"

"你不是犯了滔天大错，你是犯了滔天大罪！"叶运鸿毫不讲情面地说。

"当时——"

叶运鸿愤怒地不让刘大元说下去，说："你当上造反派，你就跟着杀人！你的良心都到哪里去了？"

"运鸿叔，我是该骂，你想怎么骂就怎么骂好了。"

听刘大元这样说，叶运鸿的气消了一些，说："现在说什么也没有用了！"

刘大元听叶运鸿这么一说，就趁机说："运鸿叔，我是十分敬佩你的。在我的心中，你就是我的亲叔叔，你骂我是对我好，是希望我做一个好人。"

叶运鸿听了刘大元这话，没作声。

刘大元继续说："我只顾跟形势，自己缺少思考。不过，现在说理解的要做，不理解的也要做，难就难在这里。例如'割资本主义的尾巴'这话，我不大理解但也得执行，所以扯掉你私自栽的旱烟和辣椒。"

"我在荒山野岭上栽几苑辣椒，就是什么资本主义的尾巴，就要割掉？岂有此理！南泥湾开荒大生产，你晓不晓得？"叶运鸿气愤地说。

"运鸿叔，你在我面前什么话都可以讲，什么牢骚都可以发，但是，对外人有些话不要讲，不要自找麻烦，自讨苦吃。"刘大元叫叶运鸿有些话不要对外人说，表明他是"内人"，想赢得叶运鸿对他的好感。

"我只晓得讲良心，实事求是。我不听到风声就说在落大雨，夸大事实，更不把白的说成黑的，把黑的说成白的，颠倒黑白。"

"运鸿叔，你忠厚老实，讲良心，令我尊敬佩服。但是，现在还要讲形势，我们要跟着形势走。"

"我这个普通老百姓，要跟什么形势走！"

"运鸿叔，普通老百姓也是要跟形势走的。就说要划清阶级界线这个形势，任何一个普通老百姓也是要做到的。在这个问题上，我真为你捏一把汗，生怕别人说你的闲话。周有为在生时，你同他亲如兄弟，他死后你安葬了他，还三番五次深夜上坟祭祀追思，很明显没有划清阶级界线，敌我不分。"

"对周有为这个人我是这样看的，他小时候家里还不富有，他的父亲连饭都不让他吃饱，我常常从我的碗里夹一坨饭给他吃。土改时他还没当家理事，应该不算是地主分子，至于后来被划成右派分子，我认为主要是因为他家庭是地主成分。所以，我总认为他不是敌人。我与他从小到大，情同手足，过苦日子他想方设法救了我一条命。他落井了，我不能投石，而应该伸手拉一把。政府要他改造思想，我帮助他加快思想改造不行吗？"

"是啊，我要感谢我那个吃鸦片的祖父。——大元呀，你不知道吧，你也要感谢你那个吃鸦片的太公把田卖光，要不然你也是地主崽崽了啊！其实，我也要感谢你那个吃鸦片的太公，因为我祖父是被你太公带着去吃熟鸦片的！"

刘大元觉得叶运鸿的这一段话不是捏造出来的，他听得心惊胆战，坐立不安。他原以为他家有着从古到今世代贫穷的光荣历史，他是根正苗红的，没想到追溯到他的太公那儿就出了大问题，他再也不好理直气壮开口说自己根正苗红了。他非常害怕叶运鸿把他家的历史中那有污点的一页翻出来说给别人听，于是，就双脚跪地求情，说："运鸿叔，我家过去的事，恳求你千万不要对别人说了！"

"你家过去的事，我只对你说说，让你知道用你们强调的观点来看，你自己也不是洗得干干净净的一蔸白菜。对别人我是不会说的，你放心。其实，三十年河西，三十年河东，一个家庭有贫富兴衰不足为怪，不值得大谈小议。"

"运鸿叔，你最善良忠厚，我佩服得五体投地。从今往后，你要多指教我。今晚谈了很久了，耽误了你睡觉的时间。但是，我还有一大事想讲，想得到你恩准。"刘大元说到这里，不往下说出是什么大事，他想看看叶运鸿的反应怎样。

"一个不可一世的造反派头头，要求一个思想落后分子恩准什么，真是天大的笑话！"

"运鸿叔，你莫那样说。你是我最敬重的人，我的确有大事求得你许可。"

"什么大事，就直说吧！"

"我不敢开口！"

"不敢开口？"

"运鸿叔，你莫取笑我，我确实怕开口！"

"怕开口，就莫开口好了！"

"不，请允许我大胆地说。"刘大元说了这句话，停了好久，才用极低的声音说："运鸿叔，我想向雪梅求婚，请你恩准！"

叶运鸿万万没想到刘大元提出这事，鄙夷地说："刘大元，你在跟我谈话，没睡觉，你说什么梦话！"

"运鸿叔，我一直暗恋着雪梅，请你开恩！"

"你有权暗恋，有权追求，但是六月不会飞雪！"

"运鸿叔，我决心用我的诚心感动雪梅，感动天地，六月是会飞雪的！"

"好，你就等待六月飞雪吧！"

刘大元从他的挎包里拿出一大沓书信，双手捧着向叶运鸿递去，说："运鸿叔，拜托你将我写给雪梅的这二十多封信转交给她吧！"

"我看你还是拿回去烧掉算了！"

"运鸿叔，你不愿转交，那我就亲自交给雪梅，我有决心跑到黄河边！"

"你今天可算到了黄河边了，应该死心了！请回吧！"

刘大元仍然心存梦想，他显出十分恭敬的容颜，说："运鸿叔，希望你能宽容我。今天要你生气了，对不起，我回去了！"

午夜，刘大元无奈地回去了。

三十一

刘大元突然被关押起来了，这实在出人意料，更是刘大元本人做梦也没有想到的。

当"文革"暴风刮到江边大队时，刘大元是第一个迎风举旗响应的。刘大元回忆起自"文革"以来他的那些行为，他想不通，觉得自己太冤了。

自杀人禁令下达后，刘大元背负起了杀害周有为父子的沉重包袱。白天，他怕见人，总觉得别人的眼光像刀剑一样向他刺来；别人骂自己的小孩，骂家里的猪狗，他听到了就认为是指桑骂槐，实际上是骂他。夜晚，他寝不安席，噩梦连连，不是那父子俩向他求饶，便是那父子俩向他索命。从表面上看，他雷厉风行地完成一项项任务，但是，实际上他已极度色厉内荏，害怕、恐惧缠绕着他，惶惶不可终日。他如一头被羁绊的野兽，极力想挣扎解脱，但精疲力尽无法解脱。他多番求索如何解脱，思来想去，想去思来，最终想到解脱之法，是一个"死"字。

被关押后，刘大元更想到了死。其一，他觉得自己明明是"文革"的先锋，却被关押，是冤枉，是侮辱，他要以死抗争；其二，他决心以死偿还血债，得到解脱。他将其死由写成遗书，毅然割腕自尽了。

叶运鸿看完了刘大元的遗书后，目光久久盯着。后来他走到刘家，对刘大元的父母做了一番节哀劝慰后，就开始料理刘大元后事了。

对于刘大元的自尽，叶雪梅给他的挽词是"死有余辜"四个字。她觉得她看到了恶有恶报了，心中的那道无法愈合的伤口的剧痛似乎减轻了几分。但是，善良的她面对一个年纪轻轻的人的非常之死，她心中没有幸灾乐祸的喜悦。父亲到刘家安慰死者的双亲，她是赞同的，但是，父亲为死者料理后事，她是反对的。

"爸，刘大元这个死有余辜的人死了，你为何还要为他料理后事？"

叶运鸿告诉雪梅，他对刘大元曾是恨之入骨的，他那次愤怒得想一锄头打死他，宁愿自己偿命。但是，刘大元死后，他看了遗书，想了许多，痛恨之余，又有几分怜悯和同情，所以才主持操办他的后事，让他入土安息。

叶雪梅说："爸，你为何怜悯同情刘大元呢？"

叶运鸿感慨地说："是时势造孽障，没有这个时势，他刘大元再坏也坏不到杀人的地步！他也是受害者啊！"

三十二

这是临近年关的一天。久雨初晴，天空湛蓝，那万分可爱的隆冬阳光普照大地，沐浴万物。吃了早餐，叶雪梅扶着蒋秀琴到门前的平地里去活动手脚。

自从王神医那里回家后，叶雪梅就坚持每天早餐和晚餐后搀扶蒋秀琴走动，活动筋骨。雨天在室内，晴天到室外。近半个月来，阴雨连绵，一直在室内走动。

今天，阳光灿烂，叶雪梅和蒋秀琴两人的心情特别舒畅。叶雪梅扶着蒋秀琴走了一圈后，蒋秀琴说："雪梅，最近几天，我感觉到我的手和脚有力有劲一些了，也轻松多了。现在你莫扶我，让我拄根棍子走走看！"叶雪梅递了一根拐棍给蒋秀琴拄着走，自己跟在一旁走，担心蒋秀琴跌倒。蒋秀琴拄着拐棍走了一圈后，又说："雪梅呀，你再让我丢掉拐棍走一走，你还是跟在我身旁保护我，好吗？"叶雪梅见蒋秀琴拄着拐棍走得很好，心里非常高兴。现在蒋秀琴说要丢掉拐棍走，她心里更加高兴，说："琴妈妈，您只管大胆地走，我走在您一旁，保护您，绝不会让你跌倒的！"蒋秀琴丢掉拐棍独自走起来了。开始，她走得较慢，但步履平稳；走了一会儿，她迈开了大步，步子也加快了，步态轻松而稳健。

蒋秀琴的内心乐开了花，紧紧抱着叶雪梅，激动地说："雪梅，我能走了，我感觉如同病前一样行走自如了。我真想扭几步秧歌给你看看！"

"好啊！我们终于等到了这一天了！"叶雪梅紧抱着蒋秀琴万分高兴地说。

"雪梅呀，我好多次梦到能走了，高兴得醒后才知是黄粱一梦。现在我真能走了，这不是梦吧！"

"琴妈妈，我也常在梦里看到您能走路了，醒后好失望的，而今天不是梦了，不是梦了！"

"雪梅，讲来讲去全靠你啊！没有你，我早就去了，哪还有今天呢！"

蒋秀琴和叶雪梅相互紧紧抱着，两人泪流满面。

蒋雅云得知了，立即跑过来拥抱蒋秀琴，三人抱成一团。她也喜极而泣，对蒋秀琴说："我做了好多好多的梦，梦到你能走路了，今日终于梦想成真了，可喜可贺！"

叶运鸿也知道了，赶忙跑过来，笑容满面，说："嫂子，恭喜恭喜，苍天有眼！苍天有眼！"

蒋雅云高兴地说："运鸿，你快把那个铜脸盆拿出来给我作锣敲，我要让大家都晓得琴姐病全好了，能走路了！"

精明老道的叶运鸿赶忙说："不，不。我们不要声张，要暂时保密，不要让外面的人知道嫂子能走了。"

蒋雅云说："怕什么呀！你也太胆小了。"

叶运鸿解释说："嫂子虽然病愈能走了，但身体还是需要一段时间休养，不能马上出工劳动的。我是担心如果那些坏家伙知道她能走了，要强迫她出工劳动。"

蒋雅云和叶雪梅都同意暂时保密。蒋雅云立即做出上午的安排：叶雪梅不出工，好好陪伴蒋秀琴；叶运鸿还是照常出工；她自己不出工，在家杀一个阉鸡公，煮好饭菜，共进中餐以庆贺蒋秀琴病愈之喜。

叶运鸿收工回家，用衣服包了一个团鱼回来。蒋秀琴和叶雪梅都很诧异，心想怎么今天运气这么好，捉到了团鱼。蒋雅云也不知情，她只晓得近两三年来，叶运鸿每年都能捉一两个团鱼回来吃。叶运鸿从没有说团鱼是在哪里捉的、怎么捕捉到的。

叶运鸿没有把这个秘密告诉任何人。那是1963年的春夏之交，叶运鸿在一荒僻的小沟边割草，发现一个非常隐蔽的洞，洞里有一对团鱼。他看到后，想到如今有些动物濒临绝种，决定不捕捉，让它们生存繁殖。这个常人罕至的极隐蔽的洞，一直没有被别人发觉，而他每年只悄悄到此捉一两个团鱼，绝不多捉。今天为了庆贺蒋秀琴康复能走了，他特地捉了一个回来吃。

这天庆贺蒋秀琴康复的午宴，既有鸡肉，又有团鱼，在那个年代，已属难得的丰美了。

蒋秀琴坐在席上，心情高兴至极，也激动至极。她想：若没有叶家对她的藏匿，她同丈夫、儿子一样就被处死了；而她患病，若没有叶家的全力救护，也已到了阴间；今日她病好了，叶家为她庆贺，蒋雅云把过年的阉鸡公杀了，叶运鸿特地捉了团鱼回来。她带着满心的感激之情，站起来向叶运鸿夫妇深深鞠了一躬，并潸然泪下，说："深恩大德，难以言谢！"叶雪梅赶快站起来要蒋秀琴坐下；蒋雅云一边说"一家人不说两家话"，一边夹鸡肉给蒋秀琴吃；叶运鸿忙说团鱼是滋补佳品，劝蒋秀琴多吃。

叶、周两家素有知恩图报的传统，在庆贺蒋秀琴病愈康复的席上，在坐的四人都想到了使蒋秀琴起死回生痊愈康复的罗老中医和王神医。叶雪梅提出一定要向这两位恩医致谢，其他三人忙点头称是。后来，叶运鸿说已近年关，待春节后再去给他们拜年。

这庆贺的中餐是欢乐的，但这欢乐中始终含有隐痛。因为，那父子俩的丧命，在座的四人谁也无法忘怀。

三十三

腊月三十，是阴历一年中的最后一天，是中华民族传统的节日。这天，寒风刺骨，雪花随风漫舞，树木披上了素衫，田野铺着白鹅绒般的厚毯。大路小径罕见行人，也听不到犬吠鸡鸣，冷清而寂静，找不到过年的热闹氛围。

　　回想在互助合作年月，过年时，大多数农家有一头大肥猪杀，自己留下一百几十斤猪肉过年。没有年猪杀的人家，至少也要买五六十斤猪肉过年。可是，今年过年，还算富的江边大队各生产队每人只能分到两斤猪肉过年。

　　为了热闹一点，叶运鸿夫妇同蒋秀琴、叶雪梅一起过年。这叶、周两家四人分得了八斤猪肉。因为叶家是军属，获得了慰问猪肉三斤。这样总共有十一斤猪肉。计划春节后给王恩公、罗老中医和王神医拜年，每家一块猪肉，至少也要两斤，三家就是六斤。剩下五斤猪肉怎么吃呢？正月里来客待饭，总不能一桌子全是绿叶素菜，没有一点荤腥点缀吧！蒋雅云想到了这一点，决定过年就不吃猪肉了，留着正月里待客。她把家养的一个阉鸡公和一个水鸭子杀了过年吃，另外，叶运鸿捉了一斤多小鱼回来。这样，过年的桌上就有鸡、鸭、鱼三样荤菜，在那样的岁月里，也算不错了。

　　蒋秀琴会剪纸。这天上午她用红纸剪一些"福""吉祥""平安"字，用来张贴，以求新年纳福，吉祥平安。她一边剪，一边想起丈夫、儿子、女儿、女婿的遭遇，心如刀割，心想还有什么福可纳，还有什么吉祥平安可求！她的手颤抖起来，浑身都颤抖起来。她强制压抑自己的心情，泪往心里流，不让叶运鸿夫妇和叶雪梅看出她的心境，以免他们在这过年的日子里，也跟着痛苦不欢。

　　这里素有过年上坟焚化团年纸的习俗。这天下午，蒋秀琴和叶雪梅要上坟给周有为父子焚化团年纸。为了不让别人知道蒋秀琴已康复能走，叶雪梅搀扶着她慢慢地走。

　　刺骨的北风依然在不停地刮，满天的雪花依然乱舞。叶雪梅和蒋秀琴冒着风雪走近坟山脚下时，看见刘大元的父母走在另一条上坟山的路上。这夫妇俩命苦，一共生育十胎，前九胎都是没过三天就夭折了，庚到不惑，生下第十胎才成活长大，这就是刘大元。本来他父母怕他如前九胎一样夭折，给他取名"刘小狗"，希望他像小狗一样贱，好长大成人。读了两年书后，他苦于这个名字不好听，同学爱取笑他，就请老师给他改为"刘大元"。今日，这年过花甲的夫妇俩顶风冒雪，步履蹒跚，如鹅行鸭步，上山给儿子刘大元焚化团年纸了。这两条路相距不太远，若一方招呼一声，另一方是听得到的。蒋秀琴和叶雪梅虽对这白发父母去给黑发儿子上坟甚是同情怜悯，但心中仍有难消的余恨，不愿招呼；白发夫妇见到蒋秀琴和叶雪梅，心中有愧，不敢招呼。于是，互相当作没看见，各走各的路。

蒋秀琴和叶雪梅先走到周有为的坟前，叶雪梅焚化了冥钱，叩首跪拜。蒋秀琴作了一个长揖后，未开口先流泪，痴痴地说："有为，过年了，给你化团年纸了！告诉你，雪梅把我的病诊好了，你可以放心了！但是，你就这样死了，我是永远不忘怀的！"

走到周冰松衣冠坟前，叶雪梅默默不语，一边烧冥钱，一边落泪，那心中无法愈合的伤口又在流血，抽泣不止。蒋秀琴如疯如狂地仰天而言："冰松，我的儿呀，你到哪里去了，我怎么再也见不到你了啊！"蒋秀琴的话更加引发了叶雪梅心中的悲痛翻腾，她放声大哭起来，那哭声传递出的悲痛，无以复加。她不停地哭，蒋秀琴也哭泣不止。她俩哭了半个多钟头后，蒋秀琴才抹泪劝叶雪梅一起下山回家。

叶运鸿拿了冥钱和供品走到周有为坟前坐下，说："有为老弟，我知道嫂子和雪梅已经来给你化了团年纸，但我还是想到你的坟前看看你啊！我原想，你我这不是弟兄而胜是弟兄的两人，能相依相帮地白头到老，谁知你遭遇横祸，先我而去，把悲痛长留在我心中！我心里好苦呀，好痛呀！"叶运鸿卷了一根喇叭筒烟吸起来，又说："为弟，你多次对我说吸烟既花钱又损健康，我是听进去了的，如今我不太吸烟了，只是遇到忧愁时才吸烟。可是吸烟消愁愁更愁啊！"叶运鸿又叹了一口气。

叶运鸿在周有为坟前坐了好久，才没精打采地回到家里。

年夜饭桌上，叶运鸿夫妇俩热情有加，总是劝蒋秀琴和叶雪梅多吃菜。他俩这样做的目的是想让蒋秀琴和叶雪梅心里高兴一些，不去思念那痛心的事。蒋秀琴和叶雪梅两人尽量压抑心中的隐痛，生怕流露出来使叶运鸿夫妇在这年夜里也不开心。

往年吃了年夜饭后，周有为一家人就拿一些果品到叶运鸿家一起吃团年茶。吃了团年茶，多才多艺的周有为唱京剧、拉胡琴、讲故事，周冰松和叶雪梅两人吹洞箫，唱歌跳舞，素来和睦友好的周叶两家人欢聚一堂，过年守岁，其乐融融。而今年除夕该怎样欢乐地度过呢？这是一个难题，足智多谋的叶运鸿绞尽了脑汁。他懂得无事静坐就会怀旧伤逝，决定让大家烤稻草火，没有空闲，无暇思伤。

叶运鸿把一大捆稻草抱到堂屋里，烧稻草火给大家烤。烧稻草火烤是当地非常流行的祛风寒防感冒的土办法。这土办法很有疗效，每年冬天，没有哪一家不烧几次稻草火烤的。至于大家都烧稻草火烤，而不烧别的柴禾火烤，有无科学道理，谁也没去考究。叶运鸿想到近来天寒地冻，正需要烤烤稻草火散散风寒，另外他想到稻草火燃得特别红火，象征红红火火，去晦气，走好运，心里非常高兴。

这稻草火熊熊燃起来了，烤得人十分舒服。大家先面朝火烤，接着是背朝火烤，再是侧身烤。烤得全身热乎乎的，暖洋洋的。享受着这烤稻草火的乐趣，心里也就无旁想了。

烤了稻草火后，蒋雅云烧了一大锅热水给大家洗脚。除夕洗热水脚也是传统习俗。那时候还不知道洗热水脚有益健康，只是说除夕洗热水脚能洗掉晦气，新年会走好运。若小孩子不愿洗脚，大人就说过年不洗脚会被人嫌的，洗了脚就会被人爱的。

叶雪梅端了一大盆热水给蒋秀琴洗脚，蒋秀琴说："雪梅呀，你已经给我洗了几个月脚了，现在我病好了，不能再要你洗了，我自己能洗了！"

"琴妈妈，虽然你病好了，自己能洗脚了，但今天过年，我必须要给您洗，这是孝心。"

"雪梅呀，你的孝心日月可鉴，天地可鉴。我这场大病，没有你的孝心，我还能有今日过年吗？这几个月来，你实在太劳累了，难为你了！"

"琴妈妈，我所做的都是孝行，我不感到劳累，我只感到满足。现在，您病好了，我过去所做的有了成效，达到了目的，我真高兴。想到今后您有好多事不需要我做了，我倒有些失落感呢！"叶雪梅一边说，一边给她的琴妈妈洗起脚来。洗了脚，她又给琴妈妈剪了脚趾甲，令琴妈妈满心欢欣。

在过去天寒地冻的夜晚，叶雪梅为了琴妈妈睡得暖和，先自己把被褥睡热了，再叫琴妈妈去睡。后来，她的琴妈妈坚决不许她那样做，她想了想就用火箱先将被褥烤热，再让她的琴妈妈去睡。今天，叶雪梅给她的琴妈妈剪了脚趾甲，就用火箱将被褥烤得暖乎乎的，她要让她的琴妈妈在除夕睡得格外暖和舒适。

三十四

正月初二，还是冰天雪地，叶雪梅走在结了冰的路上。按计划她要到王恩公、罗老中医和王神医三处拜年，为了赶时间，今天她也就不管天气怎样了。结了冰的石板路滑得叫人寸步难行，她几次差点摔倒了，不得不停了下来。她想了想，在山边拣了两根被冰雪压断的树枝，弄成两根拐棍。她将装着拜年礼物的袋子挎在肩上，一手拄一根拐棍往前走去。她这样拄着两根拐棍走路虽然不雅，但是稳当多了，她心里非常高兴，有一种战胜了冰雪的胜利感。

叶雪梅终于走到了王恩公家里。她一见到王恩公就行了叩首之礼，以表救命之恩的谢意。

在王恩公的堂屋里，用树蔸烧起了一堆大火，烤火的人很多，围坐得满满的。经王恩公的女儿王秋菊介绍，叶雪梅得知其中年岁较大的两男两女也是同她一样是前来感谢救命之恩的，另外两名风华正茂的男子，穿着空军服的飞行员是王秋菊的表哥，而穿中山装的另一位王秋菊欲启齿介绍却未开言，脸却红了。聪明的叶雪梅已知那穿中山装的人与王秋菊的关系了。果然不错，王恩公见女儿羞于开口介绍，就赶紧告诉叶雪梅，说那位穿中山装的是他的准女婿，是个吃国家粮的。

细心的叶雪梅坐了一会儿，还是未见到王伯母，就问王秋菊，得知王伯母有病卧床。于是，叶雪梅立即进卧室看望王伯母。

原来那王伯母在十多天前的一天凌晨患了病，口角歪斜，流口水，语言含糊不清，右手右脚失去了知觉，动弹不得。王恩公不知这是什么病，但他断定是大病，于是立即送进县人民医院治疗。十分幸运，接诊的是年过半百的医德和医术都非凡的医师。那医师诊断是脑血栓造成的中风。经过十天的治疗，王伯母口角不歪斜了，语言清晰了，右脚有知觉能动了，但右手只有知觉不能动弹。那医师叫她出院回家吃中药调养，因而，过年前一天就出院回到了家里。

王秋菊把母亲的病情告诉了叶雪梅，叶雪梅对王秋菊说："我的琴妈妈也患了你妈妈这样的中风病，经过五个多月的治疗现在已经完全康复了。为了尽快地使你妈妈完全康复，除了吃中药以外，还要扎银针，给她按摩，帮她活动筋骨。"

叶雪梅把话一说完，就动手给王伯母按摩右侧肢体。她给她的琴妈妈按摩了几个月，很有一些经验，她叫王秋菊看她怎样按摩，要学会按摩。她还告诉王秋菊一天要给妈妈按摩两次，每次的时间不少于十分钟。

叶雪梅又对王秋菊说："你妈妈的病同我琴妈妈的病是一样的。我琴妈妈吃了一个罗老中医开的中药效果很好，我想我明天就去请罗老中医给你妈妈开一个隔壁方子，抓几副中药来给你妈妈吃，你看要不要得？"

"要得，要得！那太好了！只是要辛苦你了。"

"我能为伯母的康复出一把力，那不是辛苦，那是幸福！"

叶雪梅对王秋菊说的话，王伯母听得一清二楚，内心波涛翻腾。她伸出那能动的左手抓住叶雪梅的手，动情地说："雪梅，我的好女儿呀！你一来就给我按摩，帮我活动右手，还说要为我请中医师开药方抓药给我吃，你实在太好了，太好了啊！"

"伯母，是您太好了，我忘不了您的好！我牢记着是伯父伯母救了我的命。如果说我有什么好，那也是伯父伯母您二位传教给我的。"

"雪梅，你实在少有啊！"

"伯母，您太看重我了！"

时间到了中午，王恩公叫叶雪梅入席吃饭。

一张四方桌上，坐着八人，七位客人加上一个主人王恩公。王秋菊没有入坐，在桌旁给客人斟酒。性格十分开朗的王恩公对客人说："这酒是我自己用红薯酿出来的，淡，不醉人，大家多喝点。这桌上的菜全是你们带来的，我家里没什么好菜招待。大家都清楚这年月哪有钱买年货！就算有钱也没有什么年货买啊！莫说了，大家喝酒吧！"王恩公说了开席的话，大家都站了起来，举杯向王恩公敬酒，王恩公举杯说："感谢各位来给我拜年，你们随意喝，我把这杯酒喝干！"他一饮而尽，客人也立即喝下杯中的酒。在桌旁的王秋菊嫣然一笑，热情地叫客人吃菜，叶雪梅也很有礼貌地叫大家吃菜，她拿着筷子却不去夹菜，她要别人先夹菜。随后，叶雪梅举杯对王恩公说："恩公，伯父，请让我单独敬您一杯感恩酒！"她敬了王恩公的酒后，叫王秋菊给她斟满，她对那六位客人说："我酒量小，恕我不能一一敬酒，请允许我敬大家一杯吧，我先干为敬！"她立即喝干了自己杯中的酒。

叶雪梅俊俏的模样和得体的言谈举止深得大家的好感，特别是那位穿空军服的飞行员表露出了对她的爱慕之情，但他并不轻佻，看起来很稳重。

这一餐吃了一个多小时，大家都吃得十分欢快，尤其是王恩公吃得欢快开怀。席上有不忘他救命之恩的两男三女，席上有他遂意的吃国家粮的准女婿，席上还有穿空军服的飞行员外甥，他浑身充满喜悦之情，感到惬意，感到满足，感到光彩，感到幸福！

午餐后，叶雪梅立即走到王伯母的床边，再一次给王伯母做了按摩，并拿着王伯母的右手活动了一番。离别回家时，她告诉王伯母，说她明天一定到罗老中医处开方抓药，后天送药来，并带银针来给她扎针。她走到房门边，又转身走到床边，对王伯母说："伯母，你这病是可以完全康复的，您心情要好，要乐观，要有信心有决心战胜病魔。"

三十五

正月初三日，天空湛蓝，是个大好的晴天。

叶雪梅很早就起了床，急忙吃了一点饭，就拿起给罗老中医拜年的礼物，往公社卫生院走去。道路上的冰雪在开始融化，滑得很，她拄着拐棍走，步履艰难。好不容易走到公社卫生院，却令她大失所望。她没有见到罗老中医，有人告诉她，说罗老中医被他本大队——罗家大队的人捆绑回去批斗去了。

得知罗老中医被本大队的人揪回去批斗，叶雪梅心里十分焦急和惊恐。她心急如焚，决定前往罗老中医家去看望。

叶雪梅又走了十六七里路，才到罗家大队。在村口，她遇到了一个中年妇女，她问罗老中医家在哪里，那中年妇女看了看她，说不知道，就立即走了，似乎怕她纠缠。她很奇怪，怎么说不知道，难道那中年妇女是外村的人？

后来，她看到了一位男大伯，就去问。那男大伯见她出水芙蓉般的纯洁秀气的容貌，又一脸的善良温和的表情，本想如实而说，但他突然想到一些原来温顺柔弱的女子，在"文革"中判若两人，成了头上长角身上长刺的角色，他怕被她的温柔所惑，谎说罗老中医在公社卫生院。听了这男大伯的话，叶雪梅疑惑了，她不知是卫生院那人说了假话，讲罗老中医被抓回了本大队，还是这男大伯说了假话，讲罗老中医仍在公社卫生院。

她下意识继续往前走，看到了一个十多岁的小孩，就问那小孩。那小孩看了她几眼，欲言而不开口，只用手指了指。

叶雪梅按那小孩的所指，走到那家门口，见一位奶奶年岁的人，就问："这是罗老中医的家吗？"那奶奶等了会儿才回答："你说什么呀？"叶雪梅心想这奶奶不像耳聋没听清楚我的话，为什么不说是还是不是，却装聋用"你说什么呀"的话来搪塞？顿时她明白了，那分明是怕来者不善。于是，她诚恳地说："我是来给罗老中医拜年的！"那奶奶"啊"了一声，甚为奇怪，她想不到竟有人来拜年。

这时，在屋里的罗老中医闻声知道是叶雪梅来了，赶快走了出来。叶雪梅见到了罗老中医，一颗悬着的心落了下来，非常高兴。她见罗老中医的心情舒畅，气色也很好，不像遭到了本大队批斗的狼狈样子，就打听实情。

原来罗家大队的人不忍罗老中医遭受公社卫生院造反派的没完

没了的批斗，怕他经受不了打骂折磨，就说要揪他回本大队批斗，实际上是将他接到本大队保护起来。为什么本大队的人对他那么好呢？因为罗老中医家虽是地主成分，但他在本大队没有恶迹，只有善行。他家是中医世家，他行医并开了一个中药铺，过去他给人看病卖药，收钱总比别人要得少，非常贫苦的人看病抓药，他都不收钱。他把这作为一个守则，长期坚持不变。真是善有善报，在他落难时，他得到了善报。当时，罗家大队那些年岁较大的人提出要把罗老中医接到本大队保护起来，一些年轻的造反派不同意，那些年纪大的人就把实情讲给他们听，做通了思想工作。但是，造反派头头还是反对，于是，那个造反派头头的母亲站出来讲话了。她告诉她儿子，说他生出来就得了一种病，不吃奶，奄奄一息，命若悬丝，准备弃之不要了，是罗老中医将生竹子烤出的竹油滴到他咽喉里，不到二十分钟他就吃奶了，转死回生；她还说他五岁的时候出麻疹很严重，突然疹子隐去了，那是死亡的征兆，急得她嚎啕大哭，又是罗老中医的药方使他回春存活下来。那造反派头头听母亲说罗老中医救了他两次命，也就举双手赞成把罗老中医接回本大队保护起来，要全大队的人不要对外来的人说罗老中医在本大队。这就是那中年妇女和那男大伯对叶雪梅不说实话的原因。

叶雪梅的到来，罗老中医和他的老伴（就是叶雪梅见到的那奶奶）喜出望外。他俩没想到在这样的处境中，竟有人带上礼物前来拜年，感动得老泪纵横不断。

这天虽是正月初三，但家境艰难的罗老中医家午餐吃的是汤红薯。叶雪梅到时已是中午过后，罗奶奶要煮饭菜给她吃，她见桌上还剩有一碗汤红薯，就端着吃起来，以谢绝罗奶奶为她做饭菜的好意。那罗奶奶见叶雪梅不嫌弃，吃她家剩下的汤红薯，两眼喜视叶雪梅那如花似玉的长相，感叹万分地说："好姑娘，好姑娘，世上怎么有你这样体贴人的好姑娘啊！"

叶雪梅一吃完那碗汤红薯，罗老中医就拿来一杯茶递给她。她刚想开口告诉罗老中医说她的琴妈妈完全康复了，却被罗老中医抢先问她的琴妈妈的病是否好了。

"感谢您妙手回春，感谢您惦记关心，我琴妈妈完全好了。"叶雪梅感恩地说。

"唉，我知道，没有你这个奇女子，你的琴妈妈哪能病愈康复啊！"罗老中医感叹地说。

叶雪梅见时间不早了，赶快转换话题。她说："罗老中医，我今天来，一是拜年，二是请你开一个隔壁方子。"接着，她把王伯母的病情详细地告诉了罗老中医。要是别人，罗老中医是绝不会开隔壁方子的，他怕惹麻烦，但他知道叶雪梅的为人，没说二话，就认真地开了药方。

叶雪梅想到她还要到公社卫生院给王伯母抓药，就赶快告辞了。临走时，罗老中医告诉她，要她的琴妈妈注意保健，他开了一个有五种中药的保健药方，叫叶雪梅到药铺买药并粉碎成粉，每天给她的琴妈妈吃两次，每次吃五克左右。他说这个药方适合中老年养生保健，能补气活血通络，防治动脉硬化。叶雪梅非常高兴得到了这个药方，她说："罗老中医，我不知怎么感谢您，这个药方对我来说是一个难得的宝方，我回去就到药铺去买给琴妈妈吃。"

叶雪梅离开了罗家，就快步往公社卫生院走去。但是，尽管她快步如飞，走到公社卫生院时，药剂师已下了班。这怎么办呢？叶雪梅失望极了，好似山穷水尽。后来，她打听到那药剂师的家就在卫生院附近，就赶快去找。她找到了药剂师的家，详细地把实情告诉了那药剂师。年近花甲的药剂师心地善良，被她助人的爱心感动了，就破例回到卫生院给她抓了六剂药。她本想将罗老中医给她的琴妈妈开的保健药方的药也买回去的，但带的钱不多，付了那六剂药的钱，所剩无几，只好决定以后再买。她非常感谢那药剂师下班后回药铺给她抓药，临走时，她向那药剂师深深地鞠了一躬，表示谢意。

叶雪梅走出公社卫生院，夜幕徐徐落下。她摸黑走了六里多路才到家里。那伸手不见五指的漆黑之夜，再加上冰雪融化的光滑之路，不知她是如何艰难地走到家的。

三十六

正月初四，天才蒙蒙亮，叶雪梅带上抓的中药和银针，拿了一个熟红薯就出了门，边走边吃。她要去王恩公家，给患病的王伯母送药、扎针。

这又是一个晴天，道路好走些了。她走得较快，不到晌午就到了王恩公家。

王秋菊把她迎进家，她向王伯父母问了安，就拿出中药给王秋菊熬。她给她的琴妈妈不知熬了多少中药，对熬中药很有一些经验。她告诉王秋菊说熬中药不要用铁罐或铜罐，而要用陶瓷罐。她还说了要放多少水和熬多长的时间。

接着，叶雪梅拿出银针，准备给王伯母扎针。她先讲了扎针的作用，让王伯母听了乐意接受扎针，然后她才动手扎针。她要王秋菊在旁边仔细看，她指出要找准穴位，注意针扎进去的深度，要王秋菊学会扎针。她告诉王秋菊说银针扎到了穴位，病人就有酸麻胀痛感，若没有这种感觉，就是没有扎到穴位。

扎完了针，过了二十分钟左右，叶雪梅就开始给王伯母按摩，她又要王秋菊在旁边看，学会按摩。按摩后，中药熬好了，王秋菊把用碗装好的药端到床前，叶雪梅讲了讲吃中药的一些讲究，说王伯母的药要趁热喝下。

王伯母吃了中药半小时后，叶雪梅和王秋菊两人将她掺扶起来，扶着她下地走动。走了一二十分钟后，叶雪梅叫她坐下休息。休息了一阵，叶雪梅就拿着她那还不能动的右手活动了十几分钟。

下午，王伯母吃了二道药，叶雪梅又给她扎了针，进行了按摩，还扶她活动了手脚。

叶雪梅把这些事做完后，就要回家。她考虑到王秋菊还没学会扎针，就说第二天再来给王伯母扎针。王秋菊说："雪梅姐，你明天还要来的，那就莫回去了，难走路。"叶雪梅说她没对家人说她不回家，怕家人担心，还是回去好，坚持回了家。

第二天清晨，叶雪梅就动身前往王恩公家。她动身前告诉琴妈说当天可能不回家。

这一天，王伯母吃了第二剂药，上午和下午叶雪梅都给她扎了针，进行了按摩，还活动了手脚。王伯母的心情非常好，说一身轻松多了，非常感激叶雪梅。

对于怎样扎针、按摩和活动手脚，叶雪梅培训了王秋菊两天，王秋菊自认为掌握了要领，没问题了。但是，叶雪梅对扎针这一项还不放心，她怕王秋菊扎不好收不到好的效果，她要再指导和观察一天，于是决定留宿，不回家了。

王秋菊面貌端庄秀气，性格温和柔顺，如同她的名字，像一朵秋菊一般可爱，叶雪梅很喜欢她，视为知己。

这天夜晚，叶雪梅跟王秋菊同室而睡。睡前，这两位妙龄少女，自然有许多私房话要说。

叶雪梅看到了王秋菊对象的照片，就谈起了他。她问王秋菊是怎样认识的，谈了多长时间了，王秋菊羞红脸腼腆地作了回答。叶雪梅问她打算什么时候结婚办喜事，她说两家早就想办喜事了，但这年月饭都吃不饱，要办喜事，起码也要缝一套衣服制一床被子，可是，哪有钱哪有布票？叶雪梅想了想，说："等你妈病好了就从简把喜事办了吧。唉，要等富了再办，看这形势何年何月才能富！缺布票，我家四人今年的布票都给你，我们有旧衣服遮体就够了，今年不做新衣了。其他的，凡是我能帮上忙的，我一定尽力而为！"

叶雪梅的话让王秋菊听得感激涕零。她感觉叶雪梅比亲姐妹还要亲百倍，是那样为她着想。她深表感谢后，就另起了话题。她说初二日那天叶雪梅走后，她那当飞行员的表哥问了叶雪梅的家庭成分。

叶雪梅有些责怪地说："他为什么要问我家的成分呢？"

王秋菊就说她那表哥曾与初中同班的一位很漂亮的女同学相恋，后来想同那女同学结婚，可是，那女同学的家庭成分是地主，组织上不批准他俩结婚。那位女同学等了他两年后就嫁给别人了，而他一直不与别人谈恋爱。

王秋菊讲完了那段故事，笑着说："雪梅姐，我表哥问你的家庭成分是什么意思，你知道不知道，我认为那是对你动了心，想同你谈了！"

叶雪梅听了王秋菊的话，没有一丝乐意的表情，这叫王秋菊感到奇怪，她接着说："雪梅姐，我表哥的长相你已经看到了，好英俊，一表人才，又有人人羡慕的闪光的工作……"说到这里她戛然而止。过了一会儿，她羞羞答答地说："雪梅姐，你比什么亲人都要亲，我心中的什么话都想对你说。不瞒你，要不是近亲，我爹娘早就把我许配给他了！"

"是啊！你那表哥的确是优秀者中的优秀者，难得找到，可惜你俩是近亲啊！"叶雪梅婉惜地说。

"雪梅姐，你和我表哥很般配的！"王秋菊莞尔一笑说。

"我的妹妹，你不知道我哟！"叶雪梅叹息说。

……

子夜时分，叶雪梅和王秋菊才止言入睡。

次日，叶雪梅让王秋菊自己动手给母亲扎针、按摩和活动手脚。王秋菊经过了两天的认真观摩学习，扎针能找准穴位，按摩知道了下手的轻重，至于怎样扶着母亲活动手足就更不在话下了。这使叶雪梅高兴极了，也为自己"授渔"的成功而开心。

这天下午，叶雪梅临走时，叮嘱王秋菊一定要坚持天天给母亲扎针、按摩和活动手足。她还嘱咐王伯母要开心，要有信心战胜病魔。王伯母说这几天自觉好多了，叶雪梅很高兴，要她吃完这六剂药后，继续抓药吃。提到抓药，王秋菊才记起抓这六剂药的钱忘记给叶雪梅，要拿钱给叶雪梅，可是叶雪梅说什么都不要，说就让这点钱表示她的一点孝心。叶雪梅走出了大门，又回头告诉王秋菊，说治病饮食营养也很重要，要她把母亲的饮食安排好。要吃容易消化的、清淡的、有营养的食物，要少吃多餐。她把这些话讲清楚了，才放心地离去。

三十七

正月初七清晨，叶雪梅就上路前往王神医家去。她原计划是初二到王恩公家拜年，初三到公社卫生院去给罗老中医拜年，初四到王神医家去拜年。但是，为王伯母治病，她花了几天时间，所以这初七才到王神医家去。

叶雪梅花了一天半的时间，来到了王神医家里。

时隔不到半年，王神医判若两人。仅几个月前，叶雪梅见到的王神医，虽说年届八十八岁，却像一个不到七十的人，面色红润，精力充沛，精神矍铄，耳聪目明，思维敏捷，特别是那常常给病人扎针的手指，犹如钢琴家的手指那样灵活。而时隔几个月，叶雪梅今天见到的王神医，年庚增加不到半岁，却像一棵叶黄枝枯的老树，人瘦了，脸黄了，没精打采，那给病人扎了几十年银针的手指也不大听指挥了。

叶雪梅看到今天的王神医是这般状况，心里难过得要垂泪了，但也只好强忍着，泪往心里流。

"干爷爷，您怎么瘦了一些了呀！"叶雪梅说。

"雪梅，我的干孙女呀，你说我瘦了一些是宽我的心。我不是只瘦了一些，我瘦得皮包骨了，我的身体全垮了，看来要不久人世了！"王神医说。

叶雪梅听王神医这么说，心中似刀割，忍不住泪流满面。

王神医见叶雪梅为他痛心流泪，赶紧劝说："雪梅，我快九秩了，是高寿了。人没有长生不死的，我死了你不要悲痛，把我交代你办的事办好，我就瞑目了！"

王神医的这话，使叶雪梅心里似乎插进了几把刀，她情不自禁地抱着王神医大哭了起来。她哭了好久，想起前一次王神医说在他走到人生尽头时要她办一件事，而今天又说要她为他办好那件事，却还是没说出究竟是一件什么事，就说："干爷爷，请你告诉我，你要我办的是一件什么事。"

王神医感叹说："看来该说出是一件什么事了，我怕再不说，以后就不能说出来了！"

王神医将那一件事明确具体地告诉了叶雪梅。叶雪梅对王神医上次说要她办的事，曾经猜测多次，但都没猜到。此刻听王神医揭开了谜底，很是意外，深深感叹"人生易老情难老"。她立即表明自己的态度，说："干爷爷，这件事不管有没有阻力，难不难，我一定要办好，您可放心！"

王神医听了叶雪梅的话，十分欣慰，脸上浮现出了笑容。

这天下午，叶雪梅把王神医家里打扫得干干净净，将王神医要洗的衣服都洗了，晚餐也是她动手做的。王神医像小孩一样大哭起来，说："我有你这样一个孝顺的孙女就好了啊！"

叶雪梅赶紧说："干爷爷，我这个干孙女，就是您的亲孙女呀！"

"那倒是啊，你这个干孙女，比亲孙女还好多了！"王神医感叹说。

这天夜晚，叶雪梅想起王神医常有深夜吹箫的爱好，也爱吹箫的她怕以后难得听到那箫声了，就请王神医吹一曲箫给她听。王神医非常乐意，立即拿出那伴随他一生不离不弃的洞箫，深深地呼吸了几次，就吹了起来。

在那沉静之夜，那箫声是那样的抑扬婉转，悠长低回，如诉如泣，分明抒发了这位年近九旬的老人对六十多年前的爱他的那位少女的追思怀念之情。叶雪梅静听那箫声，不禁勾起了对周冰松无限的思念，心里隐痛无穷。

王神医吹得不如过去那样轻松自如了，但他还是不止不停地吹下去，似有无尽的情思要用那箫声表达出来。叶雪梅担心王神医吹得体力透支，只好请他停下来。

第二天又是一个晴天，太阳一出来，叶雪梅就将王神医的被褥、棉絮拿出来摊开晾晒。做了早餐吃完后，她就去找王神医那个生产队的队长。

叶雪梅找到了那位生产队队长。这位生产队长方形脸面，额宽唇厚，与王神医同姓同宗，比王神医小一辈，叫王神医为"秋伯"。他年过半百了，为人忠厚。上次叶雪梅来到王神医家，他就见到了她，而且知道她认了王神医做干爷爷。他知道她找他的原因，未等她开口，他就说："姑娘，我知道你来找我什么事。王神医近来的身体状况发生了变化，我是晓得的，我也很担心。说句公道话，这些年王神医行医是为生产队做出了大贡献的，他一天交几十元钱给生产队，而得到的是生产队给他的只值几角钱的工分。无论从道义上讲还是从责任上讲，我们生产队都要照看他的。但是，如今我被造反派说成是只顾拉车不知看路的生产队长，靠边站了，好多事不许我抓不许我管。所以，对王神医的关照，我怕身不由己，有心无力啊！"这个小时候读过几句"子曰"的生产队长，口才不错，一口气就说出了自己要说的话。

听了王队长这一席话，叶雪梅说："王队长，你是个好人，有你这个好人，我放心了！"

"姑娘，我称不上好人，但绝不是一个坏人，不管别人（指造反派）怎么做，我要凭良心说话，凭良心做事。王神医的事，我会尽心尽力的。"王队长说得很恳切。

听了王队长表态的言辞，叶雪梅对他说了许多赞许和感激的话才离去。

叶雪梅回到王神医家，恰好抬来了一个病人要王神医扎针。叶雪梅见王神医拿着银针的手指有些发抖，就接过银针要给那病人扎针。可是，那病人的家属说："姑娘，王神医的手虽然有点发抖，但他是神医有经验，还是让他扎吧！"王神医忙说叶雪梅超过他了，比他扎得更好，叶雪梅也说她跟王神医学熟了扎针，给自己的母亲扎了针，治好了自己母亲的病，这才使那病人的家属同意让她动手扎针。

扎完了针，那个病人抬走后，王神医说："雪梅，我的手拿银针发抖了，我想终止行医了。诊病不是儿戏，出不得丝毫差错的。"

"干爷爷，我也有这个想法。您这大年纪了，早该休息了！这以后，不管生产队关照如何，您有我干孙女，我会孝敬您的，您不要忧虑！"叶雪梅诚恳地说。

这天午餐后，叶雪梅万分不舍，含泪离别了王神医，走上回家的路。

三十八

叶雪梅从王神医家回到家里的第二天上午，王恩公带着他的女儿王秋菊和那飞行员外甥来到了家里。

王恩公的光临，叶雪梅由衷高兴，但王恩公带了他的飞行员外甥前来，她又很不安。

正月初二那天，叶雪梅见到了王恩公的飞行员外甥。在酒席上，他分明对她投来了爱慕的目光。初五晚上，王秋菊同她夜话，说了飞行员表哥打听她的家庭成分，对她动了心的话。因此，她很不安，担心那飞行员是来向她求婚的。

叶雪梅所想没错，在迎宾客的酒席上，王恩公对叶雪梅和她的父母说出了他那飞行员外甥想求婚的心愿。

他先直言带那飞行员外甥来是向叶雪梅求婚的，然后介绍说他那飞行员外甥姓刘名逸飞，年庚二十六岁，为人忠厚本分，重情重义。他接着说："在我看来，一颗明珠，一个美玉，非常般配。现在就请求雪梅的父母大人开恩和雪梅的应允了。"

刘逸飞的确是一表人才。他生得伟岸，国字脸，浓眉大眼高鼻梁，非常阳刚，叶雪梅的爸妈是十分欣赏的；刘逸飞的言谈举止，也显得文雅稳重，叶雪梅的爸妈也是十分遂意的。说实话他们是非常欣喜这门喜事的，但是，他们都知道叶雪梅心里是怎样想的，要做通她的思想工作，无疑是艰难的。所以，叶运鸿表态说："小刘的各个方面都无可挑剔，我们称心如意，但婚姻是终生大事，请给我方一些时间商定。"

叶雪梅虽然觉得刘逸飞这样的人才世上难觅，但她是不接纳的。她本想干脆一口回绝，但她有修养，有礼貌，她要给别人面子，不能让别人难堪。于是，她表态说："我同意父亲所说。"

叶雪梅心中虽有不可商量动摇的回绝之意，但她不露于形色。她待客人自始至终显得十分热情乐意，而这倒使客人产生了错觉。

王恩公和他的女儿、外甥吃了中餐后就高高兴兴地告辞了，他们以为这桩婚事不能说十拿九稳，也定是有了七八分的把握。

客人走后，父母和琴妈叫叶雪梅同他们一起围桌而坐，商议大事。

叶运鸿见女儿上午是那样热情地接待客人，也误会了女儿，以为女儿心动了，试探说："雪梅，你认为刘逸飞这人怎样？"

"怎样？大家都看到了，一表人才，少有，难得。"叶雪梅说。

听了女儿这话，妈妈以为女儿看中了，抢着说："雪梅，我也觉得小刘是个理想的人选，配得上你——"

叶雪梅不等妈妈说完插嘴说："他是一个飞行员，我是一个面朝黄土背朝天的人，我配不上他！"整个上午，叶雪梅痛苦地隐着自己的真情，强装出笑脸，热情待客，心里十分难受难忍，此刻她再也忍不住要发泄出来了，说出了这句带火气的话。

妈妈听了女儿这句话很不高兴，说："人家并不嫌弃你，主动来求婚呀！"

"他不嫌弃我，可我嫌弃他！"叶雪梅更不理智地发气说。

柔中有刚的妈妈心中的火被女儿的话点燃了，发脾气追问："你有什么了不起，你嫌弃他什么？"

"妈妈，我错了，我没有资格嫌弃他，可我心里装不进他，不行吗?"叶雪梅发脾气大声说。

琴妈妈想从中调解,赶紧说:"雪梅,你的爸妈和我都是理解你的。你这奇女子,重义重情,对冰松怀有一腔不移的情爱,可是,他不能复生了,你年纪轻轻,难道有必要为他不嫁吗?冰松若在天有灵,他难道要你这样做吗?他难道不愿你一生美满幸福吗?婚配是上天所恩赐的,人生不婚配是残缺的人生。天上的仙女都思凡要到人间享受有情爱的生活呢!我看小刘确实是很难选到的人才——"

叶雪梅打断琴妈妈的话,说:"爸、妈、琴妈,你们说的话都有道理,都是爱我疼我的话。但是,你们完全不懂得我的心,完全不懂得我跟冰松那如磐石不转移的真情厚爱。冰松虽然走了,但他依然活在我的心中,也永远活在我的心中。我的心田装着冰松,装得满满的,没有一点空隙,再也装不下别人了。打个不很恰当的比喻,好比一个人吃得饱饱的了,纵有山珍海味,也是吃不下去的,若硬要吃下去,就会呕吐伤身的。总而言之,我这一生心中装着冰松的情爱,就足够了!我的这颗心,拜请你们理解。"她说完,就跪在地上。

爸妈和琴妈都知道叶雪梅对周冰松心存难移的真情厚爱,但他们以为随着时间的远去,那真情厚爱是会慢慢移动淡化消融的,所以他们才有上述的愿望和劝说。听了叶雪梅的这一席话,看到叶雪梅跪地求饶,他仨明白了,真情是难移的、永恒的,便不再为难她了。

爸爸和琴妈妈两人赶快去扶叶雪梅,妈妈心中还有气,没去扶。叶雪梅被扶起来了,她想到不该向妈妈发脾气,奔向妈妈,抱着妈妈，说："妈妈，我不该向你发脾气，我也不知道自己怎么那样失去理智冲你发脾气。我错了，我好后悔，求你宽恕我，不要生我的气了！"

"我理解你了，我不生你的气了！"妈妈说。

"我尊重你的选择！"爸爸说。

"唉，天下奇女子！"琴妈妈说。

三十九

叶雪梅那天出于礼貌，自始至终热情地接待刘逸飞，刘逸飞误会是叶雪梅乐意接受了他的求婚，心里如酿了一缸甜酒，全身每一个细胞都是甜的，兴奋喜悦得无以复加。

自从他想跟那位漂亮的初中女友结婚没获批准后，他的心中有了一颗苦闷的石头，而那位漂亮的初中女友等了他两年落到别人的怀中后，他心中那颗苦闷的石头成了一大块。从此，他的人生，有一面众所周知的空军飞行员的亮丽，却还有一面不为人知的心积苦闷的阴暗。

这几年来，他那闪光耀眼的空军飞行员的身价，吸引了数以百计倩女的芳心。然而，却没有谁融化了他心中的那块苦闷，全都被他冷淡地拒之千里之外。可是，人们没有想到，他自己也没有想到，一见到叶雪梅，他那根情感的神经被触动了，生发出熊熊烈火，将心中那块苦闷的石头融化了，产生了爱慕之心。于是，他请求舅父王恩公领他到叶家求婚。

他满以为马到成功，高兴得半夜还不能入睡，索性展纸提笔，写了一封情书给叶雪梅。

他情意盈盈地写道：

雪梅，你不仅有美人的脸庞，苗条的身段，你尤其还有一双别人所没有的明净若水的眼睛。你的眼神是那样清正纯洁，既无一丝孤傲，也找不到一丝谄媚；你的眼波是那样流动多情，光而不耀，丽而不妖。你的言谈是那样高雅不俗，没有污字垢词，更没有花言巧语。你更有一颗宝贵的冰清玉洁、义重情深的心。自那次见到你后，我心中的阴影全无，苦闷全无，眼前柳暗花明。

他写道：

见到你，我好像旅行在沙漠之中，突然出现了一片绿洲。

见到你，我好像徜徉在无边的绿草丛中，突然有一支红花投进我的眼帘。

见到你，我好像夜行于伸手不见五指的漆黑里，突然看到了一盏高挂的明灯。

见到你，我好像在寂寞万籁无声的深夜，突然听到了一曲悦耳的琴声。

见到你，我好像半生浪迹海角天涯，突然回归远眺到故居的大门。

他还写道：

你犹如阳光温暖了我久蛰冰凉的躯体；

你犹如甘霖滋润了我久旱干涸的心田。

他表白了他对叶雪梅的一颗真心：

我对你的情就是那江河奔腾不息，就是那海洋永不干涸！

我对你的爱就是那苍松翠柏不惧酷暑，严寒四季不凋长青！

刘逸飞写好了情书，反复读了几遍，满意地上床入睡。不到一个钟头，天亮了，他赶快爬起床，前往他的舅父王恩公家，他要表妹王秋菊尽快将他的情书交到叶雪梅的手中。

四十

叶雪梅收到了刘逸飞的情书，看了一遍，百感交集，心绪杂乱。她觉得既应该也必须回刘逸飞一封信，但感到为难，不知如何下笔，怎样写。

她想了很久很久，才慢慢落笔。

她写道：

看了你的信，我是非常激动的，也是非常感动的。我的情感波涛汹涌澎湃，无法平静。感谢你的金言玉句啊！

她写道：

你说是我驱散了你心中的阴影，消除了你心中的苦闷，这非我的能耐，是你喜人的感觉。

她写道：

你的"见到你，我好像……"这五个排比句，把我比作黄沙大漠中的绿洲，绿草丛中的鲜花，漆黑之夜的明灯，万籁俱寂之夜的琴声，浪迹天涯突然见到的故居大门。常言道"情人眼里出西施"，我没有那么好，我只是你眼中的"西施"。我不相信你故意溢美，我相信你出于真情。

她写道：

你说我有如阳光温暖了你久蛰冰凉的身躯，有如甘霖滋润了你久旱干涸的心田。对我，你太高看了，你太抬爱了！

她写道：

你说你对我的情就是那江河奔腾不息，海洋永不干涸；你对我的爱就是那苍松翠柏不凋长青。我相信此言不是虚情假意，而是出于你的真心。我非常看重这种永恒不移之爱。

叶雪梅就来信的内容写出了上述的文字后，另起话题写道：

逸飞，你在我的眼中和心里是一个什么样的人呢？你猜猜吧！算了，不要你猜，我如实说说。

看你的容貌，你这个美男子，哪个少女不倾心，我也不例外。

看你的举止，听你的言谈，就会了解到你的忠厚稳重，哪个少女不青睐，我也不例外。

看你的职业，空军飞行员，蓝天雄鹰，天之骄子，哪个少女不羡慕，我也不例外。

总而言之，你可谓是真正的"白马王子"，没有哪个少女不喜爱的，我也不例外。

抛开容貌、性格、职业不说，单看你书信的文笔所流露出的真情，那也深深打动了我的心。

行文至此，叶雪梅要写"但是"急转弯了。她停下了笔，不忍写下去。她想了很久很久，觉得不写是不行的，只好咬牙含泪下笔：

在我的眼中和心里，你真是一个完人，我应投怀，但是，请容我无情地告诉你，望你另觅佳人。

叶雪梅把"但是"后面的一句话写完，心里痛苦万分。她想得到当刘逸飞看了"但是"后面的话，无疑感到意外，这个晴天霹雳，难道不会令他失望吗？

想到这里，她提笔往下写：

逸飞兄，我求你姑且不要生气不要发怒，听我细说。

她绞尽脑汁，用最精练的词句把她同周冰松从小到大的深情厚爱写了出来，以求得刘逸飞的谅解。

接下去，她写明她是受了传统真爱的浇灌和熏陶，在周冰松遭难丧命后，她纵身投江殉情，却被王恩公救了出来。后来，她仍想随周冰松而去，但虑及亲生父母和周冰松母亲都需要她，才苟活于世的。

最后，她写道：

天涯海角有穷处，唯有相思无尽时。冰松虽死犹生，永远活在我的人生里！我心田里装着他，就容不下别人了；我脑海里装着他，就不会思想别人了；我的眼里装着他，对别人就视而不见了。

逸飞兄，请你谅解我吧！祝你早日找到属于你的心上人！

叶雪梅想了想，觉得自己深深地伤了刘逸飞的心，必须再开导安抚几句，于是又写道：

逸飞兄，放眼大千世界，繁花似锦若云，任你天之骄子去挑啊，任你蓝天雄鹰去选啊！祝愿你早日花好月圆！

叶雪梅写完了信，感到极度疲乏，伏案而睡。

好似东风徐来、百花吐艳的春日，叶雪梅耳闻"雪梅，我来了"的话语，她回头一看，只见周冰松从远处款款而来。她惊喜交加，说了一句"我可不能没有你呀"，就飞奔过去。她想抱住他，却不见他了。她急坏了，竭力大喊："冰松，你在哪里！冰松，你在哪里！"

叶雪梅大喊着惊醒了，原来又是一场梦。常言道"日有所思，夜有所梦"，之所以有这个短梦，该是叶雪梅对周冰松昼思夜想之故吧！叶雪梅长长地叹了一口气，觉得这是一个美好的梦，她听到了周冰松的声音，她见到了周冰松的身影。生死阴阳隔，如何聚首见，唯有在梦中啊！她非常珍惜这个梦，走到窗前，遥望星空，追思梦境。

四十一

春天的天气变化莫测，时暖时寒。天气乍暖了，人们会说"开春三日，水暖三分"；天气乍冷了，人们会说"春冷如柘刺"。这流传下来的话，不知传了多少年代。前几天出太阳暖洋洋的，而紧接着下起雨来了，冷飕飕的。天冷也好，生产队不出工，叶雪梅要到王恩公家去，不需请假。

叶雪梅吃了早餐，就出门赶路了。她这次到王恩公家去，主要是把写给刘逸飞的信拿去请王秋菊转交给他，其次是看望病中的王伯母，她惦念着王伯母，不知她的病好得快不快。

叶雪梅一边走路，一边思虑。那天王恩公父女俩带领他的飞行员外甥刘逸飞前来向她求婚，她出于礼貌的热情，王恩公和王秋菊一定同刘逸飞一样误会她欣然同意了。她担心她这次去说回绝的话，会惹王恩公、王伯母和王秋菊生气和恼怒，她感到很为难。

叶雪梅怀着忐忑不安的心情走到王家，一进门，王恩公见到她欢天喜地，说："雪梅呀，没想到你就要做我外甥媳妇了，我高兴得喝水都是甜的。我的外甥有福气找到了你，你有福气找到了我外甥。你们两个的确是美玉配明珠。"

叶雪梅说:"你们太看得起我了,但——"

"不是我们看得起你,是你太好了!"王恩公打断她的话说。

她说:"我辜负了你们,我——"

"唉呀,你别太谦虚了。我那外甥眼睛是长在额头上的,这几年没看上一个人,但一见到你,他就动心了。你真是千里挑一、万里挑一的人。要不然,怎么被他看上!"王恩公又打断她的话说。

她说:"伯父,我——"

"啊呀,是雪梅来了,难怪今天早晨有喜鹊叫!"王伯母独自走出来,高兴地说,又把她的话岔断了。

叶雪梅一见王伯母能不用拐棍走路了,欣喜若狂,前面几次想说而被打断没说出的话,似乎立即在脑子里消失了。她赶快前去抱着王伯母,说:"伯母,祝贺您完全康复能走了!这是天大的喜事,我估计您定能康复的,但没想到您这么快就康复了!"

王伯母笑呵呵地说:"雪梅呀,我的病好得这么快,还不是全靠你吗?我想了想,我的病好得这么快,你有六大功劳。"

"你们好好谈吧,我有事去了。"王恩公说了这话,就出去了。他想下河捉鱼回来招待叶雪梅。

这时,王秋菊从外面回来了,叶雪梅同她打过招呼后,对王伯母说:"伯母,您的病好得快,怎么说全靠我,说我有六大功劳呢?我没有什么功劳!"

王秋菊抢着说:"雪梅姐,我妈说得对,让我来说说你的功劳吧!你建议请罗老中医给我妈开药方抓中药吃,这是第一大功劳,你主张扎针、按摩、活动筋骨,这是第二、第三、第四大功劳。"

王伯母高兴地说："秋菊不错，说出了四大功劳，但还有两大功劳没说出来哟。"

叶雪梅说："哪还有两大功劳呢？没有了！"

王秋菊皱眉沉思，说："让我想想，——"

王伯母太高兴了，不让女儿想想说，自己开口道："这第五大功劳让我说吧！我生病后，非常悲观，担心病治不好，思想负担重，心情很不好，觉睡不好，饭吃不下，水都不想喝。可是，雪梅你这个天使来了，说我的病是完全可以治好的，叫我要思想开朗、乐观，要有勇气像打仗一样跟病魔作斗争。听了你这一番话，我心中的那把锁打开了，病也就好了两分。"

王秋菊赶快接着说："雪梅姐，的确是这样，你来了之后，我妈像换了一个人似的，心情好了，脸上有笑容了。"

王伯母感激地说："雪梅呀，你说的那些话我觉得比药的作用还要大。这是你的第五大功劳。"停了一会儿，她神秘地一笑，说："这第六大功劳，你俩人说说吧！"

叶雪梅回答说："没有了，实在没有了！"

王秋菊又皱了一下柳叶眉，想了想，没说话。

王伯母开怀笑吟吟解谜似地说："这第六大功劳是什么呢？是我得知雪梅要成为我的外甥媳妇了！一听到这消息，我的脚手力气大增，感觉心里没病了！"

王秋菊立即附和说："是啊！的确是这样，这是第六大功劳呀！"

叶雪梅听了王伯母和王秋菊的这话，内心犯难了。虽然，这时候她可以说出自己的选择了，但那个选择是王伯母和王秋菊都不愿听到的，而她觉得自己很难三言两语把自己的苦衷说明白，一定会弄得大家十分不欢，下不了台，因此，她决定暂时不说。

于是，接下去的谈话，依然欢乐畅快。

这时，王恩公回来了，捉到了一条有一斤多重的鱼。他喜笑颜开，对叶雪梅说："雪梅，还是你走运，我捉到了这么大一个鱼给你吃。唉呀，现在河里少有鱼了。我十回下河捉鱼，常有八九回空手而归。要是过去，只要下河，就有鱼吃。那时候别人说那河道就是我家里的池塘，什么时候想吃鱼，什么时候就能捉到鱼。"

吃了午餐，叶雪梅说家中有事，立即要回去。临走时，她提出叫王秋菊送送她。

王恩公忙说："秋菊，送送雪梅姐！"

王伯母开玩笑说："秋菊，送送你未来的表嫂！"

王秋菊巴不得相送。

叶雪梅只好笑跟王伯父母作别。

王秋菊送叶雪梅走了一里多路时，叶雪梅叫王秋菊同她在路旁的古樟树下坐下。她知道王秋菊读过初中，而且成绩很好。她把她写给刘逸飞的那封信递给王秋菊，要王秋菊看一遍。

王秋菊快速地将那封信看了一遍，内心惊愕不已。她万万没想到叶雪梅会拒绝她那当飞行员的表哥的求婚。她无限惋惜表哥得不到秀外慧中的叶雪梅，也无限惋惜叶雪梅毅然放弃别人求之不得的花好月圆。然而，王秋菊对叶雪梅是非常佩服和崇拜的，她知道叶雪梅是不会随便轻率地做出这个决定的。她重看其信，将重点词句作了仔细的推敲，捕捉和洞察到了叶雪梅的内心世界，也就不言了。

叶雪梅拉着王秋菊的手推心置腹地说："秋菊，看了这封信，你应该懂得我并非心高气傲，眼中无人，也不是有眼无珠，不识抬举。你表哥方方面面无可挑剔，是难得的佳偶。我有此识，但我不会因之而动情，因为我的情早有依附，不可转移。"

叶雪梅的这一席肺腑之言，使王秋菊对她的内心世界有了更深的了解。王秋菊感叹不已。

叶雪梅诚恳地说："秋菊，希望你体谅我。请你回家将此信读给你父母听，再用你的语言加以解释，请他们不要生我的气，再请你明天将此信转交给你表哥，请他谅解。

叶雪梅表明了自己的心意，说出了对王秋菊的嘱托，就要王秋菊止步回家。王秋菊虽然懂得了叶雪梅做出选择的原因，但总感觉是一憾事，内心苦涩而别。

叶雪梅走了一阵，突然想到一事，立即反身跑步追王秋菊。她追到王秋菊，说把王伯母康复后如何保康的问题疏忽未讲，所以跑回来讲讲。她告诉王秋菊，每天要王伯母散散步，活动手足，饮食要清淡，多吃蔬菜、水果，少吃油腻食物。她还把罗老中医另外开的保健方告诉了秋菊，要她买给王伯母吃。

王秋菊感动得了不得，说："雪梅姐，你这个人太好了，对别人关心得无微不至。你走了，还特地跑回来把我妈病好后如何保健的事告诉我。你怎么这样好！我感觉到凡是与你有交往的人，你都能使他受益沾光。"

叶雪梅拉着王秋菊的手亲昵地说："秋菊，你不要这样夸我！我只不过总想做一个有益于别人的人，而不是有害于别人的人，也不是有我不多无我不少的人！"

王秋菊觉得叶雪梅虽然不成为她的表嫂，但她俩的深情厚谊是长存在心里的，她紧抱着叶雪梅含着泪说："雪梅姐，你永远是我的好姐姐!"叶雪梅的眼眶也湿了，说："秋菊，我们永远是好姐妹!"两人依依而别。

王秋菊回到家里，立即把叶雪梅写给刘逸飞的信，念给了她的父母听。她的父母有如六月见飞雪，根本没料到叶雪梅会拒婚，又气又恼。王秋菊把信中的关键词句又念给他俩听，再加上自己的解说。当他俩懂得并不是叶雪梅看不上刘逸飞而拒绝的，心中的气和恼才慢慢消了，但还是感到无限惋惜。

四十二

叶雪梅回到家里，心思立即转移到对王神医的牵挂了。上次她给王神医拜年，见王神医身体完全垮了，她一直惦念在心。时间过去十多天了，她不知八十九岁的王神医身体状况如何，决定前去看望。

第二天清早，叶雪梅就起程前往王神医家。

同往常一样，叶雪梅步行一天半走了一百五十多里路就到了王神医家。王神医家的大门半开半闭，叶雪梅推开大门进去，走到王神医的睡房，只见王神医躺在床上。她见此情状，眼眶湿了，大声说："干爷爷，我雪梅来了!"

躺在床上的王神医神志还是清醒的，一听到叶雪梅的呼喊，就竭尽全力坐起来，说："雪梅，你来了，来得及时。我估计在这几天你会到的，你的心我是知道的，你是放心不下我的!"

"干爷爷，我的确牵挂着你，只因有事缠身，所以今天才来!"

"唉，你今天来距离上次来只有十多天，时间很短啊！只是，我已命在旦夕，怕见不到你，才觉得时间长，盼望你快些来！"

"干爷爷，您的病会好的，您不要担心。"

"我自知，我的病好不了了。王队长很关心我，要我到县人民医院去检查，我不愿去，他逼着要我去。前天他同他的老弟用椅子把我抬到县人民医院做了检查。他告诉我说我得的是肺炎，问题不太大。但是，我观其颜察其色，他的神色告诉我，他瞒了我，说的是假话。我自知我的病是绝症无疑，我是灯干油尽了！"

听了王神医说出"灯干油尽"的话，叶雪梅忍不住哭起来了。

"唉，人生七十古来稀，我如今是八十九岁了，又赚了十八九个春秋，足矣，足矣！你不要悲伤，不要哭。"

这时生产队的王队长来了。他跟叶雪梅打了招呼后，走到王神医床边，对王神医说："秋伯，总得吃点东西呀！"

王神医摇头，表示不想吃。

王队长以目示意，叫叶雪梅到外面去。叶雪梅跟王队长走到堂屋里，王队长说医院检查王神医患的是肺癌，已经到了晚期，没有治愈的可能了。听到这话，叶雪梅不禁泪如泉涌。王队长接着说王神医自知病入膏肓，要他买安眠药给秋伯吃，好痛快了此一生，他不忍那样做，于是，今天王神医绝食了。

听了王队长这些话，叶雪梅要王队长同她一起回王神医睡房去。

叶雪梅走到床前，对王神医说："干爷爷，您怎么不吃东西呀，人是铁饭是钢，您要饿死，我可不答应！"

"雪梅，我请王队长买瓶安眠药给我吃，他不买，我只好想不进食早点闭眼。你想想，我躺在床上吃喝拉撒，不能自己动手，那怎么办呢？"王神医说到这里，瞧着王队长接着说："老侄呀，你做点好事，买瓶安眠药给我吃吧！"

王队长说："秋伯，那样的'好事'，我是绝对不做的！"

叶雪梅说："干爷爷，如果你吃安眠药或者绝食而终，我会遗憾终生，遗恨终生，遗罪终生！我坚决反对您走那条路！"

王队长赶忙说："秋伯，您的干孙女说得很好，您要听她的。"

叶雪梅说："干爷爷，请您表个态，从今以后，再也不提吃安眠药，再也不绝食。"

王队长又忙说："秋伯，我也请您表这个态！"

王神医懂得叶雪梅和王队长的心意，甚为感动，但他想得很多，不愿表这个态。

叶雪梅见王神医不表态，就双膝跪在床前的地上，说："干爷爷，我求您了，您的干孙女求您了！您不表态，我就跪在您面前不起来。"

王神医见叶雪梅跪地求他，感动得泪流满面，说："我的好干孙女，你的一片孝心我懂。但是，你想想，我躺在床上动不得，不能自理，谁来伺候我——"

叶雪梅当即打断王神医的话，说："干爷爷，原来您担心没有人伺候您，你的干孙女我是干什么的？"

"唉，你一个女娃，怎么好伺候我？不方便！"

"干孙女伺候干爷爷没有什么不方便的！"

"唉，伺候一两天也许还过得去，若要伺候十天半个月，这时间长了可不行了！"

"干爷爷，不管时间多长，我会悉心伺候好您的，您可放心。您应该了解我，我说得出就会做得到。"

"雪梅，我完全了解你，前人说久病无孝子，我相信，我久病有干孙女啊！"

王队长插嘴说："理应我们生产队派人伺候的。可现在把人的思想搞坏了，把孝敬老人也当作'四旧'破了，很难找到做好事做善事的人了。我试探了，没有人愿意伺候。我这个靠了边的队长为难，派不动人了。"

叶雪梅马上说："干爷爷、王队长，我再郑重地表个态，伺候的事，我全包了。别人抢，我也决不放！我只求干爷爷表那个态。"

王队长忙说："秋伯，雪梅跪了这么久，您快表态吧！"

"好，好，我表态。我绝不走吃安眠药和绝食的路了。雪梅，你快起来吧！"王神医下了决心，表了态，以目示意王队长拉起叶雪梅。

王队长拉起叶雪梅，叶雪梅高兴地说："干爷爷，我现在就去熬粥给你吃。"

王队长忙说："雪梅，不要熬粥了，我家里今晚喝粥，舀一碗来给秋伯吃就是了。"

叶雪梅说："王队长，你家现在就喝粥了？"

"唉，不喝粥不行啊，有粥喝就不错了！"王队长叹了一口大气。

接着，王队长跑到家里舀了一碗粥来，叶雪梅用调羹喂给王神医吃。王神医吃了大半碗粥，似乎舒畅多了，叶雪梅的脸上现出了喜色。

王队长又端来了一钵粥，递给叶雪梅，说："我知道你不嫌弃的，今晚你就莫煮饭了，吃下一钵粥算了。"

叶雪梅是懂情理的，她懂得王队长叫她吃粥作晚餐，那是完完全全没把她当生人、当外人看待了。她非常珍惜这种情谊，激动地接过那钵粥，说："王队长，感谢你看得起我。我今天晚餐能吃到你这钵粥，感到很荣幸。在我看来，这钵粥胜过山珍海味！只是我担心我吃了这一大钵，你家里的人就吃不饱了！"

王队长说："我发现你处处总是为别人着意。你放心，我家里的人多，省出一钵粥不成问题。"

这天夜晚，叶雪梅告诉王队长，她明天早晨动身回家，只要三天时间就来伺候王神医。她千叮咛万嘱咐，请求王队长在这三天的白天黑夜要伺候好王神医，不要出任何问题。

四十三

叶雪梅回到家里，把她爸爸、妈妈和琴妈妈召在一起，商量伺候王神医的事。

她说了王神医的病情后，就提出自己打算去伺候王神医的事，她的父亲说这事生产队应该管，她说生产队的王队长讲了理应由他们生产队派人服侍，但是，这个时期他是个靠边站的队长，派不动人了。

叶运鸿听了女儿这些话，记忆回到了童年。他是同周有为一起读过四年"旧书"的，读过《孟子》。他记得头一天先生把"老吾老以及人之老，幼吾幼以及人之幼"的意思讲给了他们听，第二天先生提问他把"老吾老以及人之老"的意思说出来，他忘记了不语，周有为立即站起来说了出来。结果，他因说不出被先生用竹片打了手掌，而周有为因想给他帮忙说了出来，也被先生用竹片打了手掌。这儿时的一幕，他还记忆犹新。他叹了一口气，自言自语说："人心不古了！"接着他说："我的女儿把孝敬自己的老人推而广之，孝敬别的老人，决定伺候王神医，我赞成，我高兴！"

蒋雅云说："对于陌生的老人应该孝敬，何况王神医是雪梅的干爷爷，更应该孝敬，我也同意雪梅去伺候他！"

蒋秀琴说："王神医尽心教熟了雪梅扎银针，雪梅给我扎银针使我的病好了，王神医功不可没，我举双手赞成雪梅去伺候王神医！"

大家统一了思想，正各自站起走开时，叶运鸿要大家再坐下来，说："我仔细想了想，雪梅到王神医家去伺候王神医还是不大好——"

叶雪梅急了，立即打断爸爸的话，嗔怪地说："爸，你不同意我伺候王神医了？你出尔反尔！"

叶运鸿笑起来了，说："雪梅，你莫急，我不是不同意你伺候王神医，我是不同意你到王神医家去伺候王神医。"

叶雪梅急忙说："爸，你这是讲什么怪话，不到他家里去，怎么伺候他？"

叶运鸿开心大笑说："没想到我顶聪明的女儿，也有迷糊的时候，脑子转不过弯的！"

接着，他当着大家的面讲出了自己的想法。他说雪梅到王神医家去伺候王神医，除了伺候王神医之外，还有烧火煮饭、扫地、洗衣等事要做。如果是三五天时间短，辛苦点没问题，但如果是十天半个月或者时间更长，那是累得吃不消的，这是其一。其二是她在外要惦念家人，而家人也要惦念她在外。他说要是把王神医接到家里来伺候，不但烧火煮饭、扫地、洗衣等事可以不要雪梅动手了，而且伺候王神医的事他和蒋雅云、蒋秀琴也可以插手做一些，这样雪梅就轻松多了，伺候的时间再长也不要紧了。另外，一家人在一起，看得见喊得应，也不要互相牵挂了。

叶运鸿这样一说，蒋雅云和蒋秀琴都立即表示赞同把王神医接到家里来伺候。叶雪梅看到父母都愿意把王神医接到自己家里来伺候，喜出望外跳起来，说："爸、妈、琴妈，你们太好了！"

叶运鸿办事总是想得很周到。他觉得把王神医接到家里来伺候这事应该要告知生产队，求得他们的同意，就立即找他们去了。那位生产队队长向来是尊重叶运鸿的，叶运鸿说出缘由，那队长没说二话，还赞扬他一家人心肠好。那接替刘大元的造反派头头问了王神医的出身，叶运鸿说他的家庭成分是贫农，本人残疾，一生行医，历史清白，还故意说那头头有政治头脑，警惕性高，那头头受到赞扬很高兴，没说什么就同意了。

四十四

叶雪梅同往常一样花了一天半时间走到了王神医家。她见王队长坐在王神医床边，估计王队长践行了她的托付，心里很高兴。

叶雪梅询问了王神医这三天来的身体状况后，就把王队长约到堂屋里。她告诉王队长，说她同父母商量好了将王神医接到她家里去伺候。王队长再次表白理应由他们生产队派人伺候，但队里没有人愿意伺候，他派不动人。他说如果叶雪梅来王神医家伺候，他可以尽量抽时间帮忙，这样他出了一点力，他心里也好受些。对于王队长这样的心意，叶雪梅表示感谢，但她说明把王神医接到她家里去伺候的原因后，王队长也就同意了，并感叹不已说："雪梅呀，世上哪有你和你父母这样的好人呢！"

接着，王队长说叶雪梅如果要对王神医养老送终，王神医的遗产全部归她。叶雪梅听到这话，心里很不好受，像受了冤屈一样，说："王队长，我做事什么也不图，但我图别人不曲解我，不看扁我。我决定伺候王神医，首先我是他的干孙女，我要尽孝；其次他悉心教熟了我扎针，治好了我琴妈妈的病，我要报恩。抛开这些，我觉得为无助的老人出点力做点事，也是义不容辞的。我伺候王神医，为他养老送终，绝不是谋图他的财产！"

王队长忙解释说："雪梅，我的话你理解错了。我的意思不是说你有意要王神医的财产，而是说你这样伺候王神医，养老送终，他的财产理应归你！"

叶雪梅表态说："就算理应归我，我也分文不要。他的财产留作办丧事用，若有剩余，全部归你们生产队！"

王队长已知叶雪梅的为人，相信她说的完全是真心话，也就不再坚持把王神医的遗产归她了。这时，他想到王神医向他透露要叶雪梅办一件大事，不知要用多少钱办一件什么大事，就说："秋伯跟我说了要你在他过世后为他办一件大事，不知是一件什么大事。"

叶雪梅认为到了这时候，应该把王神医嘱托办的事告诉王队长了。她说："王队长，你听说我干爷爷年轻时治好了一个叫郑春花的久治不愈的脚伤吗?"

王队长说:"这事发生在我出生之前,但我小时候听长辈说了,这里面有一个令人感叹的故事,一个为情而死,一个为情终生不娶。"

叶雪梅感叹说:"真是人生易老情难老,时光过去六十多年了,可是那朵春花不凋,依然活在耄耋之年的干爷爷的心田里。他托我办的事是求得郑春花家属的同意,与郑春花合墓而葬,还要立一块墓碑,一面有他俩的名字,一面有'今生未能成连理,但愿来世比翼飞'的文字。"

王队长深感意外,说:"没想到秋伯心中还装有一腔痴情,这件事,我一定协助你办好。今天就定下来,墓碑由我来办,我知道一个老石匠师傅,我去请他錾一块石碑。"他立即要叶雪梅将碑两面刻的字写给了他。

王队长主动揽下了制作墓碑的事,叶雪梅非常高兴,说了感激的话后,两人回到了王神医睡房。

叶雪梅对王神医说:"干爷爷,我同王队长商量好了,把您接到我家里去伺候,您说好不好!"

王神医立即说:"雪梅呀,怎么能把我接到你家去呢?那不行,万万不行!"

叶雪梅详细地陈述了为何要把王神医接到她家里去伺候的理由,王神医还是不同意去她家,他说:"从盘古开天辟地以来,恐怕没有哪个人把病人接到家里去伺候的。雪梅,我的好干孙女,你要把我接到你家里去伺候,我感动不已,高兴不尽,但我绝不到你家里去的。"

叶雪梅恳求地说："干爷爷，您为什么不愿到我家去呢？我求您了！"

王神医说："我还没糊涂，我的神志是清醒的，有谁愿意把一个临死的病人领到家里去？雪梅，你要为你的父母想一下！"

"干爷爷，我忘记讲了，接您到我家里去伺候，是我爸爸提出来的，我妈和琴妈都赞成的。"

"唉，也许是你父母迁就你吧！"

叶雪梅口舌都说干了，王神医还是不松口答应到她家去。

王队长说："秋伯，您不要有任何顾虑，放心去吧！我想您一生行医积下了厚德，现在老天派雪梅来回报您了，要不然哪有这样的好事！"

王队长的话也不起作用，叶雪梅有点绝望了，不知如何是好。

正在这叶雪梅深感为难之时，叶运鸿来到了王神医家。原来，叶雪梅走后，被人称赞料事如神的叶运鸿料到王神医一定不肯到他家里来的，就跟蒋雅云和蒋秀琴商量，决定自己跑一趟。父亲的到来，叶雪梅喜得雀跃，知道援军到了。叶运鸿得知果然如他所料，王神医不愿去他家，就开门见山地说："王伯伯，我就是担心雪梅请不动您，所以她走后，我就跟着来了。我是专程来接您的，您得看我的面子，高高兴兴到我家里去！"

王神医听了叶运鸿这一席话，感动得眼眶湿了。他感慨万千，心里想：雪梅竟有这样的好父亲。但是他的脸上还有忧颜，还不表态。

叶运鸿是善于观颜察色的，见王神医脸上还有顾虑，就直说："王伯伯，您是担心雪梅的妈妈和琴妈妈的态度吗？您看——"他从衣袋里拿出一张字条给王神医看。那纸条上写着"衷心欢迎王神医来我家"一句话，落款是：蒋雅云和蒋秀琴。叶运鸿接着说："口说无凭，她俩托我带来了字条。"

至此，王神医感动得泪如泉涌，他哪想到在他人将终结之时，竟然遇到如此善良、仁厚、有情有义的人家。他强打起精神，万分感谢地说："你们家赐福给我，我当享受啊！"

四十五

次日，王队长找到一顶轿子，安排了两个壮年社员抬轿，送王神医到叶家来，实际上一路上是王队长、叶运鸿同那两个社员四人轮流抬轿，一天半就到了叶家。

王神医到了叶雪梅家，很有如归之感，非常开心。他那已入膏肓的病虽未好转，但他那愉悦的心情，让他感觉到疼痛减轻了许多，一身轻松。

王神医心想，文人为文要力求有一个好的开头和结尾，而人生也是这样，出生在襁褓中要有父母的翼蔽，而终老时要有儿孙的孝顺。他虽无儿孙，却得到干孙女全家人的敬重。他感到满足、惬意。他想一个人过世后如果会忘掉生前的事，那他希望能记住干孙女叶雪梅一家人。

叶雪梅向生产队请了假，不出工，专门招呼王神医。她倒水给他洗脸、洗脚，喂粥给他吃，搀扶他大小便，还给他扎针，给他按摩。没有事时，她就坐在床边，陪他讲话，有意让他暖耳、开心。王神医自然感到愉悦，感到幸福。他没想到一个干孙女胜过了亲孙女。他常察看叶雪梅的脸色，叶雪梅脸上总是和颜悦色，没有一丝一毫的烦，没有一丝一毫的愁。

一次，叶雪梅搀扶着王神医坐在凳上解了大便，就拿纸把他的屁股揩干净，脸上没有丝毫畏难不情愿之色。王神医很过意不去，说："雪梅，我的干孙女，我害苦了你！"雪梅说："爷爷，您怎么这么说，我没吃苦，我乐意尽孝道。"她把"干爷爷"喊成"爷爷"了。

王神医的神志还是很清醒的，他听到叶雪梅这样喊他，内心激动得不得了。他知道叶雪梅不是随便省掉那个"干"字的，而要把他当亲爷爷对待了。他很想说一句感激的话，但他找不到足以表达他心意的词句。

叶运鸿收工回家，总是找事做插手伺候王神医。他总想减轻女儿雪梅的负担，他要求由他全夜伺候王神医，可雪梅不准。父女俩商谈定下，前半夜由叶雪梅伺候，后半夜由叶运鸿伺候。

为了节省时间用于伺候王神医，叶雪梅没再与亲爸妈分开吃了。蒋雅云除了出工之外，在家里承担了烧火煮饭菜的任务，还尽心尽意为王神医熬粥、煮面、煎药等。蒋秀琴病愈已出工，收工回家把扫地、洗衣等家务事都揽下了。王神医的衣服，她也毫不嫌脏，乐意去洗。

叶雪梅见她的爸爸、妈妈和琴妈妈都心甘情愿地乐意伺候王神医，心里非常高兴。而王神医安心欣喜在她家养病，更令她开心。她见王神医一日三餐能吃点粥水或面食了，心中就产生了希望王神医的病奇迹般地好转的念头。这时，她想起了罗老中医，她想请他为王神医开药方治病。

叶雪梅对叶运鸿说："爸，我想请罗老中医开一个药方。"

叶运鸿叹了一气，说："肺癌已到晚期，药怕无济于事了，没办法了，我们只好尽心尽力伺候他吧！"

"爸，我是这样想的。一是哪怕有万分之一的好转希望，我们也应该去抓住，不能放弃。二是吃下一些中药，虽不能起死回生，但能使生命延长十天八天也是好的。三是就算吃下中药没有一点作用，这也让我心安理得一些，无愧无憾了！"

叶雪梅这样说得有理有情有义，叶运鸿没说二话，就凑钱给她开方抓药。

四十六

叶雪梅来到罗老中医家里，把王神医的年庚和病情毫无遗漏地向罗老中医作了陈述，请求他开一个隔壁方子。

罗老中医郑重地想了想，说："既然到了晚期了，任何药方也回天乏力了！"他摇了摇头，表示不开药方了。

叶雪梅赶忙解释说："我也知道这个痛苦的现实，我不到黄河心不死。即使吃药毫无作用了，我还是要抓几剂药给他吃的，这样尽了一切努力，我才无愧无憾了。如果我现在不给他治疗，我不忍心，我会后悔的，会留下遗憾的！"

言为心声，叶雪梅的这番话表露了她内心的善良仁厚，罗老中医听了，感动不已。他说："我听懂了你的话，知道了你的心，我愿意开一个药方。"

罗老中医拿出处方纸，提笔准备开方。他告诉叶雪梅，他想开一个健胃补养的药方。他说人的生命是需要食物的营养维持的，如果病人不进食了，那就难了。之所以用健胃药，就是促使病人增强食欲，想吃下食物，从而使生命得以维持。他说用补养的药，意在固本扶正，增强身体的抵抗力。

罗老中医开好了药方，面带难色，对叶雪梅说："吃了这个方子的药，病人的生命可能会延长一些日子的。这样你们就会要——"

叶雪梅赶快打断罗老中医的话，说："您的话我懂，您不要考虑这一点。只要我的干爷爷能多活一些日子，我就可以多伺候他一些日子，这是我的愿望。我能多伺候他一些日子，就能多尽一点孝心。"

"你实在是宅心仁厚啊！"罗老中医感慨地说。

叶雪梅买回了罗老中医开的中药，立即熬了出来，端给王神医吃，可是他不愿意吃。

他说："我这不治之症，吃药无用了，又何必花钱买药吃！"

叶雪梅说："爷爷，就算是不治之症，就算吃下药没有一点作用了，我还是要给您治的，还是要买药给您吃的。因为这样，我才会心安一些，不然我心不安的，有憾的。"

"既然你知道吃药无用了，就不要买药给我吃了。你要用理性控制感性。"

"爷爷，罗老中医开的药会有一些作用的。他开的主要是补养药，可以固本扶正，增强抗病力。他还开了健胃药开胃口，使您想吃东西——"

"唉呀，这健胃补养的药更不能吃了！这样延长我的死期，会害苦你们的!"王神医打断叶雪梅的话,焦急地向叶雪梅求情说。

叶雪梅恳切地说:"爷爷,您想错了。如果吃下这中药,能延长您的寿命,那就好了,那正是我的愿望。我就想能多伺候您一些日子,多尽一点孝心!爷爷,您要懂得我的心!"

王神医虽然病临灯干油尽,但是他的记忆还是很好的。他听了叶雪梅这感人的话,不由得联想起叶雪梅往日对他说的令他感动的话:

"伺候的事,我全包了。别人抢,我也绝不放!"

"干爷爷,不管时间多长,我会悉心伺候好您的,您可放心。您应该了解我,我说得出就做得到。"

……

王神医回忆了叶雪梅的这些话,又想到这些天叶雪梅尽心尽力伺候他的点点滴滴,心潮迭起,伸手接过药,一饮而尽。

王神医接连吃了几剂罗老中医开的中药,果然食欲好多了,精神也好多了。叶运鸿得知王神医有食欲想吃东西了,非常高兴,下河捉到了一条鲇鱼,熬汤给王神医吃。王神医连汤和肉一起吃,吃得津津有味。

原来王神医平生最爱吃鲇鱼和团鱼。他虽四岁后才能拄棍跛行,但后来却能活蹦乱跳,能下河捉鱼虾,也能上树掏鸟蛋。他最爱捉鲇鱼和团鱼。春天雷雨之夜,最容易捉到鲇鱼。电闪雷鸣,别的小孩怕,他却不怕,经常一夜能捉几斤鲇鱼;团鱼常潜伏在幽深的洞中,而这样幽深的洞常有蛇,别的小孩怕蛇,不敢去捉,而他不怕,敢于去捉。他由爱捉而爱吃。他行医出名后,自己不捉了专买别人捉到的吃,成了爱吃鲇鱼和团鱼的名人。村人捉到鲇鱼或团鱼总喜欢卖给他，因为他从不压价，有时还多付一点钱。一次有人捉到一个有三斤多重的团鱼，他很想买到手，但没那么多钱，就拿出一件新衣服来作抵押。这事被旁人得知，传开和演变开来，先是说王神医拿衣服买团鱼吃，后来变成了王神医吃团鱼可以不穿衣服。

王神医要叶雪梅把叶运鸿叫到他床前，当面感谢叶运鸿捉了鲇鱼给他吃。他说他平生最爱吃鲇鱼和团鱼，现在吃到了鲇鱼，非常满意了，无憾了。

叶运鸿非常高兴，他没想到所捉到的鲇鱼竟是王神医的爱物。他知道王神医最爱吃团鱼，他就外出捉团鱼。他走到那荒僻水沟非常隐蔽的深洞边，眼观四面八方，不见人影，就赶快爬进洞，不一会儿就捉了一条团鱼出来。他把团鱼用衣服包好拿回家杀了，切成块，放在锅里，加了生姜、豆豉、花椒等配料，叫蒋雅云放清水用文火久熬。团鱼熬好了，叶运鸿尝了一点味道，觉得蛮好，就装了一小碗，叫女儿同他一起拿给王神医吃。

重病中的王神医嗅觉还非常灵敏。他还没看到碗中盛的是何物，一股香气入鼻，他且惊且喜地说："这气味我好久没有闻到了，这是团鱼气味！"

"王伯，您的嗅觉真好呀，真是团鱼气味。您那天说最爱吃团鱼，今天我捉到了团鱼，现在您尝尝看煮得好不好吃？"叶运鸿说。

叶雪梅赶紧喂团鱼给王神医吃，王神医急不可待，一口接一口地吃。叶运鸿父女俩见王神医吃得那么香甜，心里乐开了花。王神医只顾吃不讲话。吃完了那小半碗，他才说话。

"啊呀，我万万没想到今生还能吃到团鱼！这团鱼如今很少见了，哪里捉到的，这是天赐给我吃的吧！"王神医极兴奋极高兴地说。

"爷爷，这团鱼是爸爸特地在别人都不知道的非常隐蔽的洞里捉到给您吃的！"叶雪梅说。

工神医竭力伸出手抓住叶运鸿的手臂，热泪盈眶，说："多谢了，多谢了！我满念了，满念了！"

四十七

心思全在伺候王神医的叶雪梅，见王神医的病情似有好转，才松了一口气，想起应到王恩公家去一趟了。她把伺候王神医的事托付给家人，就前往王恩公家。

叶雪梅来到王家时，王恩公上街去了，王秋菊出工去了，只有王伯母一人在家。

叶雪梅见王伯母的气色很好，松了牵挂的心弦，非常高兴。她详细地询问王伯母的饮食情况，王伯母说她原先爱喝酒，喜欢吃肥肉，她说酒和肥肉一定要少吃，多吃点鱼，特别是鳅鱼、鳝鱼；她特别指出饮食要清淡，多吃蔬菜和水果。

王伯母感激不尽地说："唉，世上哪有你这样的好人！我生病时，你想方设法为我诊治；我病好了，你还想着我，告诉我怎么保健。秋菊告诉我，那天你走了好远了，又跑回来告诉她，要我怎样保重，我听后感动得哭了。哪个亲生子女有你这样的孝心啊！"

"伯母，你把我说得太好了，我受之有愧！"叶雪梅忙说，"伯母，我那天告诉秋菊有五种药碾成粉吃很有好处，你买没买？"

"秋菊第二天就到药店买了，我吃了感觉蛮好的。太感谢你了！"

"伯母，您把我看成是自己的人，就不用说感谢的话了。伯母，您生病的时候，我说了要想病好得快，要吃药，要活动筋骨，要注意饮食，还要有好的心态。现在您病好了，怎样保健呢？还是要有好的心态，注意饮食，重视活动筋骨，再适当吃一点保健药物，那五味粉子药，您要坚持吃。我要我琴妈妈也天天吃的。"

"雪梅，我的亲生女娃，我一定按你说的去做！"

叶雪梅到王家来的一个原因是牵挂着王伯母康复后的保健问题。她知道不少人认为病好了就万事大吉了，不注意保健，造成康复后不久病又复发了，以至送了性命。她要把所懂的保健常识告诉王伯母。前面的谈话，达到她的目的。她来王家另一个目的是求恕的。王伯母一直没提叶雪梅拒婚的事，叶雪梅估计王伯母不怎么怪罪她了。要是别人就避而不启齿了，但叶雪梅还是要当面请求宽恕谅解。

"伯母，我不识抬举拒婚，逆了您的美意，实在对不起！"

"雪梅，说实话我先是很气愤，的确认为你不识抬举，眼睛生在眉毛之上。后来，秋菊把你的信念给了我听，我慢慢消了气。不但消了气，还赞赏你是当今的祝英台呢！"

"伯母，我没想要做一个什么样的人，我只想做一个我自己愿意做的人！"

······

王秋菊回家了，王伯母抽身煮饭菜去了，叶雪梅与王秋菊攀谈起来。

叶雪梅首先询问遭她拒婚的刘逸飞的情况，王秋菊说她表哥刘逸飞气了一个礼拜后，终于想通了，因为他本人也有不移情别恋的切身体会。听了王秋菊这话，叶雪梅如释重负，才把话题转到王秋菊的婚事。王秋菊说她的婚事定在秋收之后，叶雪梅说："这样也好，这上半年你在伯母身边，可以好好伺候她。"雪梅说她还是坚持每天给琴妈妈按摩脚手，要王秋菊也坚持天天给王伯母按摩脚手。她还说了要王秋菊每天陪王伯母散散步，做做操，活动筋骨，说若能打打太极拳那就更好了。她考虑问题总是非常周到细致，她要王秋菊特别防止王伯母跌倒。

叶雪梅说了这些之后，从衣袋里拿出布票递给王秋菊，说："这是我们一家人的布票，送给你买布做结婚衣服吧！"

王秋菊拒而不接，说："这布票我不能要，你们也要做衣服穿的！"

"我们一年不做新衣没关系，而你做新娘不能没有新衣穿。这点布票就当我这个姐姐送给你结婚的薄礼吧！"叶雪梅恳切地说。她把布票放入王秋菊的衣袋里，王秋菊欲拿出来还给她，她抓住王秋菊的手说："秋菊，你若把我当姐姐，你就收下！"王秋菊见叶雪梅这样说了，只好把布票收了，说："雪梅姐，你太好了！"接着，她感叹说："这买布要布票，买肥皂要肥皂票，买什么都要票。"叶雪梅长叹一声说："谁知何年何月才不要这票那票啊！"

她俩相对无言，沉思良久。

王秋菊启齿打破沉默，说早几天夜晚她做了一个梦，叶雪梅问她做了一个什么梦，她却不说了。

"说出来听听！"叶雪梅料定王秋菊做的是青春美梦，要她讲出来。

王秋菊犹豫不语，叶雪梅催促说："别害羞，快说吧！"

王秋菊说："不是梦到我，而是梦到你，唉，还是莫说算了。"

叶雪梅惊了一下，说："梦到我，梦到我怎么了？不妨也说说。"

王秋菊还是不愿说，叶雪梅说没关系，硬要她说，她才开口。她说梦见叶雪梅同一位帅哥向她款款走来，到了她面前，叶雪梅指着那帅哥向她介绍说："他就是我装在心中的人，我俩终于团圆了！"于是，她喜出望外，要他俩赶快进屋，可是突然不见人影了，她就惊醒了。

"梅姐，我不该讲这个梦，引你伤心！"

"秋菊，这是一个美梦！我常做梦见到我心中思念的人，那是我开心幸福的时刻。小时候我认为做梦是坏事，现在才觉得做梦是好事，现实不能实现的，梦可以帮我实现。唉，如今我也只能靠梦与我心上的人在一起了……"

叶雪梅说着说着就泪流满面了，王秋菊也跟着泪流不止。

吃了中饭，还不见上街的王恩公回家。叶雪梅来王家是要当面请求王恩公对她的逆意谅解宽恕的，所以她想等王恩公回家。她用这等待的时间与王伯母聊天，给王伯母按摩脚手。

时间到了半下午了，王恩公还未回家，王伯母说街上有王恩公好几位好友，说不定被留住了，今天不回家要明天才回家了。听王伯母这样一说，叶雪梅想到家里有王神医需要伺候，就请王伯母转告王恩公，请王恩公宽恕她。王伯母说王恩公已想通了，不责怪叶雪梅了，要叶雪梅不要挂记这件事了。听了王伯母这话，叶雪梅才高兴地告辞回家。

四十八

同往日一样，这天清晨，叶雪梅扶王神医起床，帮他穿衣服，揽着他解大小便，然后扶他到室外的空坪里坐下，呼吸新鲜空气，再进屋端水来给他洗脸、刷牙。接着，倒茶给他喝。这喝养生晨茶是王神医中年时就养成了的习惯。自王神医来后，叶雪梅每天早晨都要琴妈烧一沙罐茶，倒一杯给王神医喝，同时也要她的爸爸、妈妈、琴妈都喝一杯这养生晨茶。

王神医喝了晨茶约摸半小时后，叶雪梅端来了粥。王神医最喜欢吃糖，可那时候买糖也是要糖票的，叶雪梅想法弄到了一斤糖票买了白糖。她将粥里加了白糖，王神医喝了一口，尝出了甜味，眉毛舒展，对叶雪梅说："你怎么弄到了糖票买到了糖呀！难为你了！"

叶雪梅叹了一口气，说："说实话，这一斤糖票来之不易啊！"

王神医是很喜欢吃甜粥的，但他只吃了小半碗就不吃了。他对叶雪梅说："这甜粥好吃，我想多吃点，可是吃不下了。雪梅，我来到你家里，今天有二十天了，没错吧！我开心快乐了二十天，享了二十天的洪福了！我这一生值得了！我享了你一家人的福，我感谢你一家人，但今生无以回报了，只待来世回报了！"

"爷爷，伺候您我们感到开心，感到幸福！您不要说什么感谢和回报的话。"

"雪梅，我很想回家了！"

"爷爷，您安心养病吧，不要想家。我们若有哪些地方做得不好，您讲出来，我们一定做好！"

"哪还有什么地方没做好，点点滴滴都做好了！我是恐怕没八字再享福下去了！这两天我总是上气不接下气的，疼痛也加剧了，我怕撑不住了，想回到家里去辞世了！"

接着，王神医把他心里想说的话全盘托了出来。

他说他带来的木箱子里有点钱和其他东西，那是他全部的家当，可作他丧事之用。他要叶雪梅一定要给他办成"合葬"的事。他说郑家若不同意，要叶雪梅想尽办法说服。他说木箱里有郑春花给他的定情信物蝴蝶发夹，可拿去作物证。他还说他当年也送了一个玉镯给郑春花，若郑家还保存着，也是物证。

他还提出一定要为他树一块石碑。叶雪梅告诉他说王队长主动承担了制作石碑的任务，他听了非常高兴说："王队长是一个好人，他是有心派人伺候我的，只是他派不动人了，他是心有余而力不足啊！感谢他帮我请人錾石碑，你告诉他碑两面的碑文一定要刻好。"叶雪梅说："碑两面的字，我已写好交给了王队长，不会错的，您可放心。"

王神医遥望远方，似思故土，再次对叶雪梅说："我该回家了！王队长那天送我来到你家，第二天他返程回家，临走时说了最多二十天就会来看我的，他应该快来了吧！他若不来，你明天请人抬我回去算了，我怕等不得了。"

叶雪梅说："王队长是一个靠得住的人，他说最多二十天就来看望你，说不定今天下午他就来了呢！"

王神医脸上出现了笑意。

果然，这天下午王队长带了三个社员抬了一顶轿子来。他说前天夜晚做了一个梦，梦到王神医催他快接他回家。他醒后想到医师曾说王神医患的是肺癌，早已到了晚期，要赶快准备后事的话，所以他昨天就启程前来接他了。

这天晚餐后，王神医要叶雪梅将她的爸爸、妈妈和琴妈聚在一起，他攒足了精神，发表了简短的辞别讲话，深深表达了感激之情。

这天子夜，叶雪梅还未成眠，心情异常沉重。她的愿望是想王神医在她家里多住一些日子，可是王神医的病情恶化，无法抗拒，她只好到他家里去伺候他，让他在家里寿终正寝。她心里充满了无可奈何之情，止不住地泪水长流。

四十九

王神医一回到家，就叫跟来伺候的叶雪梅给他烧洗澡水，他要王队长给他洗澡。王队长给他洗了澡后，他就叫叶雪梅给他剪手指甲和脚趾甲。

接着，王神医叫王队长去请理发师傅给他理发。他们本生产队有一个理发师傅，王队长很快就请来了，给王神医剃了头发，刮了胡须。

随后，王神医叫叶雪梅把他多年前做好的寿帽、寿衣、寿裤、寿鞋、寿袜全都拿了出来。

王神医一回到家就急于做这些事，叶雪梅的心情痛苦而恐慌。她闭着嘴不说话，忍着泪不外流，总想找一个偏僻处痛哭一场。

这天晚餐，王队长端了一碗粥来给王神医吃，王神医看了看，说了一个"谢"字，没开口吃。叶雪梅将买到的白糖带了来，调了一杯糖水给王神医吃，他又是看了看，说一个"谢"字，也不开口吃。

王队长晚餐后把王神医的情况通知给了生产队的人，全生产队的中老年人接连不断地前来看望王神医，王神医眼含泪水以点头表示谢意。

叶雪梅至此不得不考虑王神医的后事。她首先想到的是棺木，不知王神医是否有。她忙去问王队长，王队长告诉她说王神医有一具特好的棺木，放在生产队的公屋里。他说那是几年前，一位家居深山专做棺木卖的木匠师傅的儿子得了一种怪病，别的医师束手无策，而王神医却治好了他的病。于是，那木匠师傅感激不尽，特意制作了一具棺木给王神医。他还说那一具棺木是用油杉树蔸制作，漆了生漆，里面还灌了松香，三伏天把泥鳅放在里面，干而不烂不臭。叶雪梅得知王神医有这么一具好棺木，心情好了许多。

这天夜晚，叶雪梅、王队长、妇女主任加上王神医邻居三位老弟，一起陪伴守候着王神医。大家含悲忍痛，都不言语，默默静听王神医艰难的喘息声。

这是叶雪梅人生第一次守候临终老人，悲痛不已，泪水盈眶。生老病死乃自然之规律，无法抗拒，王神医病危至此，理性应让他无痛速逝。但是，叶雪梅的情感驱逐了理性，还是抱有幻想，希望她的干爷爷活得久一点，非常害怕干爷爷突然停止喘气。她目不转睛地盯着她的干爷爷，发现她的干爷爷的右手动了动，估计是有什么话要说，就赶快凑近去听。她的猜想没错，她听到他艰难地低声说出了"蝴蝶"二字。她想了想，明白了，赶快从木箱里拿出蝴蝶发夹，放在他手心里，他紧紧地握着。

时间到了寅时，陪伴守候王神医的人除了叶雪梅和王队长两人之外，或恹恹欲睡，或成眠打鼾。突然，听到王神医用尽全力吐出了含糊的"合葬"两字，就力尽气绝了！

"爷爷！爷爷！"随着叶雪梅首先呼喊哭泣，大家的哭喊声接连不断。

五十

王队长主动担当了王神医丧事的主管。天一亮，他就安排妇女主任陪叶雪梅到郑家去求合葬的事。

这位妇女主任名叫何小娜，椭圆脸上常挂笑容，能说会道，三十来岁，叶雪梅称她何姐。郑家村离王家村有五十多里路，二人吃了早餐，只得急忙快步前往。

临近中午，二人赶到了郑家村。她俩几经打听，才知道郑春花的爷娘哥嫂都不在人世了，如今只有侄儿一家人。这侄儿虽也年过花甲，但郑春花死时，他还未出生。二人同他谈合葬的事，他不知原委，一口回绝，毫无商量的余地。

二人无奈只好离开郑家，到村里去寻问。她俩问了几位六十多岁的妇人，都说一无所知，原来郑春花死时，她们还未嫁到这个村来。

妇女主任心灰意冷了，说："年深月久了，这事难办了！"

叶雪梅说："我答应了干爷爷的，这事一定要办好的！"她想了想，又说："何姐，我们找老人家问问吧！"

二人走访了几位男老人家，也没有问出个子丑寅卯来。最后，她俩问到了一位八十多岁的老爷爷，他说郑春花有一个小她两岁的堂妹叫郑秋花嫁在李家村，可去找找她。可是，时间已到半个下午了，不能到李家村去了，没吃中饭的二人饿着肚皮往回走，摸了十多里黑路才到家。

是夜，叶雪梅要为她的干爷爷守灵，王队长说她白天奔走劳累了，劝她休息睡觉，她说她是不能入睡的。这天晚上守灵的人有叶雪梅、王队长和邻居三个老弟，还有别村的一位年过花甲的妇人家。她是曾患风湿顽症得王神医治愈者，她感恩在心，闻讯赶来悼念。那位何姓妇女主任也是要守灵的，但叶雪梅说明天要到李家村去，劝她回家睡去了。

王队长作为丧事的主管，忙碌了一整天，很是疲乏了，叶雪梅劝他睡一觉，他也说他是不能入睡的。叶运鸿是打算前来协助王队长的，但王队长坚决不让他来操劳了。这时，叶雪梅想到要是她爸爸来了，可以减轻王队长好多负担。

那位外村来的老妇人家姓李，叶雪梅称她为李伯母，对她前来悼念甚为感动，视之为重要客人接待。那李伯母是一位善良能干的人，她见到叶雪梅后，就从王队长那里对叶雪梅有所了解了。她很欣赏叶雪梅，还有一腔疼爱之情。守灵时，她主动坐到叶雪梅身旁作伴，同叶雪梅交谈。她知道叶雪梅白天奔波辛劳，要她倒在怀里眯眯眼，打打盹。这使叶雪梅甚为感动。

叶雪梅很珍惜李伯母的慈爱之心，顺从而感激地倒在她的怀里眯眼打盹。但是，尽管她疲惫不堪，却怎么也不能合眼入睡。

叶雪梅的思潮翻滚，她忘不了王神医悉心教熟她扎银针的恩情，她忘不了王神医对她的赏识器重，恳求她做干孙女的真情实意和寄予殷殷厚望的目光。她叹惜二十天的伺候时间一眨眼就过去了，回报、尽孝……，一切都结束了，没有时间了，只能成为空话，无尽的哀思积于胸中。

叶雪梅牢记着王神医要她办好"合葬"的重托，可是今天她和何主任到郑家协商，遭回绝而归，大失所望。然而，她不心灰意冷，有决心非办成此事不可。她决定明日同何主任到李家村去找郑春花的堂妹郑秋花。

五十一

天刚蒙蒙亮，叶雪梅同何主任就上了路，直接到李家村去找郑秋花老人。叶雪梅昨日得知郑秋花小郑春花两岁，她推算王神医是八十九岁，郑春花小王神医五岁，那就是八十四岁，而郑秋花小郑春花两岁，那就是八十二岁。叶雪梅心想拜访一位八十多岁的老人，总得拿点什么作为见面礼。她没有什么好东西可拿，只好将她带去的还约有七八两的白糖作为礼物了。她还特地将那个蝴蝶发夹带了去。

二人到了李家村，顺利地找到了郑秋花老人。这位八十二岁的老人，头发半青半白，身体硬朗，精神矍铄。叶雪梅见面就说有一事请她帮忙，拿出礼物，说实在是拿不出手的一点点东西，请别嫌弃。这郑秋花老人素无贪心，不是见礼眼开的人。但她很重视礼节，高兴地收下礼物，说："收礼物是收情谊，不在多少。唉，这苦巴巴的年月，你拿来了礼物，难为你了！"

　　叶雪梅听了郑秋花老人这番话，觉得她是一位通情达理的爽快人，心中很高兴，就准备说出正题。

　　叶雪梅试探地说："老人家，有一位擅长扎银针的王神医，您听说没有？"

　　秋花老人立即说："听说了，听说了。不瞒您二位，他一直是我心中的堂姐夫呢！"

　　听到秋花老人这句话，叶、何二人心里亮堂了。何主任立即说："老人家，他怎么是您心中的堂姐夫呢？您说给我们听听好吗？"

　　看来，秋花老人的确是一位直爽的人，什么都不藏着掖着。她一五一十地将王神医和她堂姐郑春花的故事讲了出来，讲得两眼盈泪。她长长叹了一口气，说："我那个堂姐以死殉情，而王神医以终生不娶守情，真是两个痴情人啊！"

　　叶雪梅紧跟着说："是啊，他们两人情爱专一不移，可以说是我们现代的'梁祝'啊！"

　　"对了，他俩可称当今之世的梁山伯、祝英台呀！"何主任帮腔赞叹说。

　　"是啊！是啊！"秋花老人激动地说，眼眶里的泪珠不断流出。

　　叶雪梅这时拿出带来的蝴蝶发夹给秋花老人看，她一见这蝴蝶发夹就急说："这蝴蝶发夹哪来的呀？"

　　叶雪梅说："这是王神医一直保存的。"

　　"啊，原来如此！"秋花老人边说边走进卧室。

　　过了一会儿，秋花老人拿出了另一只蝴蝶发夹和一个玉镯，哭诉说："春花虽是我的堂姐，但我俩情投意合，胜过一奶同胞的亲姐妹。她生前将这个玉镯和这个蝴蝶发夹交给我，要我为她保存。我知道她是有一对蝴蝶发夹的，不知道她为什么只交一只蝴蝶发夹给我保存。原来是她赠了一只给她相爱的王神医！"

叶雪梅告诉秋花老人，说那玉镯是王神医当年赠给郑春花的定情之物。秋花老人说："我堂姐春花死后，我一直不断打听王神医的消息，得知有好多人给他说媒，而他一一拒绝，做到终生守情不娶，了不起啊！"

何主任拉着秋花老人的手，说："告诉您一个不好的消息，王神医前天去世了！"

秋花老人一听到这噩耗，大有悲痛之色，不语含泪。

叶雪梅对秋花老人说："我是王神医的干孙女，我想称您为干姨奶奶，您愿意吗？"

"愿意，愿意！王神医是你的干爷爷，我堂姐春花就是你的干奶奶，我当然是你的干姨奶奶了！"秋花老人破涕为笑。接着，她端详起叶雪梅来，见叶雪梅天资国色，开怀大笑说："啊呀，我有你这样一个美若天仙的干外孙女，我脸上有光！"

叶雪梅趁机说："谢谢干姨奶奶高看我，我有一事求您了！"

秋花老人高兴说："干外孙女，你说吧！"

接着，叶、何二人将王神医生前想求合葬和立碑的事告诉了秋花老人。

叶雪梅问道："干姨奶奶，这事您同意吗？"

"同意，同意！我想这也是我那死去的堂姐春花的心愿啊！"秋花老人不断点头说。

何主任忙说："这事，您不但要同意，您还要出力呢！"

叶雪梅就将昨天被郑春花侄儿回绝的事告诉了秋花老人，秋花老人说那堂侄儿是敬重她的，她愿带她俩去说。

这秋花老人有满堂孝顺儿孙，她留叶、何二人吃了中饭，立即带领叶、何二人到郑家堂侄儿那去。这老人的确强壮，八十二岁了，走路稳健，不用拄拐棍。

到了郑春花侄儿家里，秋花老人拿出了玉镯和蝴蝶发夹作为物证，把王神医和郑春花的故事告诉了那堂侄儿。接着，她郑重地说："侄儿呀，我看这合葬不但是王神医的心愿，也应该是你姑姑的心愿。你姑姑如果九泉有知，也会要你答应的！"

秋花老人的确很有权威，堂侄儿很听她的话，满口答应了合葬的事。

何主任毕竟是干部，她提出要投知生产队长。那侄儿立即把生产队长请了来，把事情告诉了他。那生产队长表态说："你们家里同意了，我们生产队是不反对的。"

叶雪梅想到了造反派，提出要征得造反派头头的同意，那侄儿说造反派头头是他的孙子，由他去说，应该没问题。

"合葬"的事商谈好了，秋花老人显得异常激动。她站了起来，仰望天空，哭着说："春花姐，我告诉你，你合葬的事谈好了，你在九泉含笑吧！"

接着，秋花老人提出将那一对蝴蝶发夹放在王神医衣袋里，由他带走，大家都点头赞成。她又说那玉镯她也要交出来，给王神医的干孙女叶雪梅留念。叶雪梅说应该给郑春花的侄儿作纪念，郑春花侄儿说理应干孙女叶雪梅留念。这样推来推去，最后，叶雪梅说："好，那就交给我吧！"她接过玉镯，郑重地说："表伯（指郑春花侄儿）深明大义答应合葬，我作为王神医的干孙女揣摩王神医的心意，将这玉镯赠给表伯留念，以表谢意！"说完，她行跪拜之礼要表伯接过玉镯。

一切都如愿以偿，叶、何二人非常高兴。她俩把秋花老人送回家后，才走回王家村。

五十二

八十九岁的王神医告别了人世，一生省吃俭用的他靠治病救人，积下了不少的钱币。王队长想用一大部分办丧事，留一小部分给叶雪梅，而叶雪梅表态不要分文，全部用于丧事，把丧事办得风光一些。叶雪梅的态度坚决，王队长只好依了。

王神医的丧事尽管是在那特殊的年代所办的，但还算是办得风光。

出殡前夕，村子开了规模空前的追悼会。参加追悼会的有王家村所有的父老乡亲和方圆数十里受过王神医医治的知晓者。王队长致悼词，历数了王神医一生治病救人的非凡事迹，叶雪梅作为王神医的干孙女作了沉痛追思的讲话，还有曾因王神医妙手回春得到救治的病人发言。追悼会从头到尾，参加者无不沉浸在沉痛思念之中，王神医的英灵若有所知，也应该含笑而去了。

出殡之日，阴天，天空布满深灰色的云彩，氛围沉抑。送葬者众多，他们都有一腔缅怀的真意深情，不顾路途的遥远，一直送至坟山。

丧事的酒席设在郑家村，王家村前去帮忙办丧事的和所有前去送葬者全都入席，郑春花的家族、亲族和其生产队的每户的户主及其六十岁以上的老人也全都入席。另外，还在王家村办了四桌酒席，招待王家村六十岁以上的老人。这样，各方面的人都高兴满意。

王神医的棺柩入葬在郑春花棺柩的左边，与之并列在一起，上面垒出了一个大圆形坟堆，实现了王神医合葬的愿望。叶运鸿已于前一天来到了王家村，成了主办丧事的王队长的顾问和助手。如何安葬就是在他的指挥下进行的。

坟堆垒好后，叶运鸿指挥立墓碑。这事刚做，郑春花侄儿的当造反派头头的孙子来了，把叶运鸿拉到旁边商量。他说他们村所有的墓碑都按"四旧"砸烂了，现在立起这块大墓碑是不行的。叶运鸿觉得他说的是实情，想了好久，才说："那就把它埋在土里吧！"那造反派头头点了头，他立即征得王队长、叶雪梅和秋花老人等人的同意，叫人将那墓碑埋入土中。墓碑埋好后，他朝坟堆行了跪拜之礼，敬视坟堆，在心中默默地说："王神医，对不起了，现在只能把墓碑埋在土中。我相信总会有一天它能面世的，到那时，我会立即把它竖立起来。"叶雪梅默然看着那块墓碑被埋入土中，心潮难平。

办完了丧事，王队长说王神医生前不是"五保户"，他的房屋、家具等财产理应归唯一的亲人干孙女叶雪梅所有。但是，叶雪梅坚决拒绝，要求该生产队保管和使用，她只要了王神医的洞箫和针灸用具，作为留念和治病救人。

五十三

时序到了农历九月，抢收抢种的"双抢"大忙过去了，农民可以伸伸腰清闲一点了，天气也凉爽了，金桂飘香，这正是农家办喜事的时候。

叶雪梅得到了王秋菊结婚的喜讯，自然要前去贺喜。她虽曾将全家一年的布票送给了王秋菊作为结婚之礼，但她不愿因此就两手空空而去。她已早做准备，她的琴妈妈会刺绣，她要琴妈妈绣了一对鸳鸯枕套，又托人买到了一个热水瓶。她于王秋菊出嫁前两天，带上鸳鸯枕套、热水瓶和琴妈妈用红纸剪出的几个喜字前往王恩公家。

叶雪梅一走到王家门前，王恩公和王伯母就迎了出来。他俩乐开了花，高兴得像盼来了星星，盼来了月亮。

"雪梅呀，你真好，晓得前两天来，帮我们做点事。"王恩公说。

"雪梅呀，我心里想，要是你早两天来就好了，哪晓得你真的早两天就来了，这叫我多高兴啊！你太体贴人了，知道先来帮帮忙。"王伯母说。

王秋菊闻声走了出来。她早几天就盼望亲如姐妹的叶雪梅的到来，今日叶雪梅来了，她激动得抱着叶雪梅哭起来了。

王伯母说："秋菊，快陪你雪梅姐到房里去坐，吃杯开水，再谈心吧！"

王秋菊拉着叶雪梅到卧室坐下，立即递了一杯开水给叶雪梅吃，又赶忙切了一个西瓜端来，热情得不得了。

叶雪梅将那对鸳鸯枕递给王秋菊，王秋菊两眼直勾勾地看着那绣得十分精妙的鸳鸯，欣喜地说："这绣工怎么有这样好呀！"她又联想到她将同她心爱的人同床枕着这鸳鸯枕，心里不知有多甜蜜。叶雪梅又拿出了热水瓶，王秋菊欢喜得跳起来了。因为她托了几个人买热水瓶都没有买到手，正缺一个热水瓶，叶雪梅送来了，她终于如愿了。

接着，王秋菊说她心里有好多好多的话，想对叶雪梅讲。她诉说她想到父母生育她，辛辛苦苦把她养大，而今她将出嫁离家，丢下父母，心中好像吃了黄连，那种苦味难以言表。她又说她想到将生活在一个陌生的家庭，同陌生的生产队人打交道同劳动，心里不免有些忐忑不安。

叶雪梅安慰王秋菊说："我疼爱父母的好妹妹，女儿总是要出嫁离家的，想父母了，就多回家看看，也可以接父母到你婆家住住。我今后一定会多抽时间前来看望伯父伯母的。生疏的地方生活一段时间就成熟悉的地方了，没什么可怕的。你善良温柔有孝心，一定会得到公婆欢心的。你性格好、和群、积极肯干，一定会跟生产队的人相处得很好，这一切都不必担心！"

再接下去是谈到了嫁妆。嫁妆是女子出嫁时，从娘家带到婆家去的衣被、家具和其他生活用品。世俗是嫁妆越多越被高看，因而出嫁女子是以嫁妆之多而为荣的。王秋菊告诉叶雪梅，说她家早几年就着手备办嫁妆了，但由于家不富有，到如今只办了床上蚊帐被褥一套，脸盆、脚盆各一个，一把茶壶，十个茶杯，没有买到热水瓶，幸亏叶雪梅送来了。她又补充说火箱是买到了的。当地的风俗认为新娘带火箱到婆家，象征带去香火，在婆家生儿育女，传宗接代。所以，火箱是嫁妆中的必有之物。

叶雪梅听了王秋菊的叙述，感叹说："我的好妹妹呀，这年月，你父母能给你备下这些嫁妆，真不容易，你有这些嫁妆够体面了！"

王秋菊听到叶雪梅的夸赞，心里乐滋滋的。

闺蜜心相印，知心话语多。白天，叶雪梅一边帮王秋菊做些出阁前的杂事，一边同王秋菊交谈；夜晚，两人同床而卧，言语不停。俗话说"男怕入错行，女怕嫁错郎"，男女结婚后，若是真心相爱，情投意合，亲密无间，就会幸福一世；若不是真心相爱，又性格迥异，互不包容相让，那要痛苦终生。在王秋菊出嫁的前夜，叶雪梅为她想了很多。通过过去的一些交谈，叶雪梅知道王秋菊的对象姓易名文昌，初中毕业后就被父亲托亲戚介绍进了一家机械厂，由一般工人做成技术工人。他好学习爱钻研，工作上精益求精，技术比赛获得第一，被厂里评为劳模。他很合群，朋友多。在"文革"中，出身上中农家庭的他，不管别人的白眼，只是兢兢业业地做自己的工作。根据这些了解，叶雪梅认为这个人有事业心，本分谦和，可以编入可依靠的一类。但是，这人对王秋菊情爱的深浅，过去很少谈及，叶雪梅很想知道一些。于是，她多方试探询问王秋菊。王秋菊说出了几个具体事例。一次她在厨房里切辣椒，易文昌在旁边看，她走神切到手指流血了，易文昌很焦急，赶快把她的伤口捏住止血，接着就寻找蜘蛛窝敷到伤口上，用布把伤口包扎好。一次她和易文昌在山中捡菌子，她左手背被黄蜂蜇了，易文昌急得不可开交，用口吸出毒素，还非要带她到卫生院请医师上药不可。听到王秋菊说了这些具体的事例，叶雪梅认为易文昌是深爱王秋菊的，她放心了，暗暗为王秋菊祝好。

叶雪梅突然想到了那个天之骄子飞行员刘逸飞。她虽然已明确拒绝了他的求婚，并且得知刘逸飞也谅解了她，如此这事便翻篇过去了。然而，善为别人着想的她，想知道被自己伤害的他是否解开心结，走出了情感的峡谷。

叶雪梅对王秋菊说："菊妹，你那飞行员表哥有如意的人了吗？"

"还没有。说媒牵线的人很多，但他就是不接线呀！"王秋萄说，"他十分赞赏你情爱专一，不怪你不接受他。但我看他内心深处还是在思念你，所以不愿接受别人哟！"

"他明天来不来？"

"他没时间，明天不来。"

"菊妹，你跟他见面或者通信时，要劝劝他。他是因我走进洼地的，我希望他尽快走出来！"

"雪梅姐，你不要牵挂，不要自责。"

"菊妹，按理来说，我没有对不起你表哥，你表哥恋爱不恋爱，结婚不结婚，与我无关。但从情感上说，我总是有些负疚感啊！"

"雪梅姐，我怎么说呢，我觉得你有一种别人所没有的善良，那是唯独你有的善良啊！"

"菊妹，你高看我了！"

……

时到三更，这对闺密才关了话匣子入睡。

第二天，即王秋菊出嫁的前一天。天一破晓，王恩公、王伯母就起来扫地了。叶雪梅和王秋菊也早早地起了床，忙碌起来。

这嫁女的人家是要办嫁女早餐酒席的，一则要招待前来接新娘的新郎和他带来的挑礼物和挑嫁妆回去的人员，再则款待来送礼祝贺的亲戚朋友。嫁女早餐酒席过去是要办得很丰盛的，每桌要出十个大碗的菜肴。王恩公是一个很要面子的人，他想这年月办不出十大碗，也得办出八中碗。他计算了一下，起码要办三桌酒席。为办这三桌酒席，他早就筹备起来了。

这天主要是忙着备酒席菜肴。叶雪梅帮着杀鸡鸭、切葱蒜、洗碗筷，什么事都做。王伯母看在眼里，乐在心中。她笑着说："雪梅呀，我为什么希望你早两天来，我就是要你来这样帮忙做事的哟！"

"伯母，我是应该来帮忙做事的，所以我才提前来嘛！"叶雪梅也笑着说，"我能为秋菊出嫁做点事，我高兴，我开心！"

王伯母听了叶雪梅这话，眼里出现了泪珠。

"伯母，这大喜来临，你怎么——你有什么心事？"叶雪梅问道。

王伯母拿出手帕揩了揩眼睛，感叹地说："雪梅呀，不瞒你说，我早就希望秋菊出嫁成家了，可如今她真要出嫁离家了，不在我身边了，我就舍不得了，不时眼里就有泪水了。"她停了一下，又补充说："刚才我流泪还有一个原因，我想到你曾经为我治病竭尽全力，今天又看到你帮忙做事不怕劳累，觉得你太可爱了，我想我有你这样一个女儿就好了！"

"伯母，你和伯父对我有救命之恩，我早就想做你们的女儿了呀！"叶雪梅赶快说。

"那好，那好！今天就正式定下来，你做我们的义女，做秋菊的姐姐，好不好？"王伯母也赶快说。

"好，好！一万个好！"叶雪梅高兴地说。

王伯母立刻伸出手，说："击掌，击掌，击掌为准！"

叶雪梅立即伸出手和王伯母击了掌。

王伯母高兴得笑眯眯的，说："我要做一套衣服给你穿，作个见证！"

"你老人家买一块手巾给我就要得了！"

"不，不！再困难我也要做一套好衣服给你的！"

"义母，干妈，您太好了！"

王伯母和叶雪梅两人说得乐呵呵的，心花怒放。

时间到了半下午，事情基本上做完了，王恩公在大门两边贴上了红对联——"听毛主席话，跟共产党走"。叶雪梅立即拿出她琴妈剪出的红喜字贴在了大门上方。贴了这副红对联又加上一个红喜字，喜庆的氛围出来了，王伯母和王秋菊站在门前目不转睛地看着，心里乐不可支。

五十四

这一日，天高云淡，秋风送爽，这是王秋菊出嫁的吉日。约摸清晨八点钟时，新郎就带领接亲队伍来到了王家，他们天还未亮就出发了。他们一个个面带笑容，高兴极了，说另一位新郎也带领接亲队伍跟他们要同走一段路，而他们抢先走在前面。原来当地有一个习俗，认为两个接亲队伍，若要同走一段路，以抢先走在前面的最为吉利。新郎希望早点开餐，以便他们接亲回去也抢先走在前面。

　　前来王恩公家送礼的亲朋好友也很早到了，于是，八点半钟就开席吃酒。为了抢时间，半个钟头就吃完了八中碗菜肴，散席，准备出发。

　　女儿出嫁到婆家，称之为"过门"。按照习俗，女儿"过门"，娘家要有人陪到婆家去的，这叫作"送亲"。这"送亲"的人，新郎家称之为"亲客"。"送亲"是以父亲为主和兄弟姐妹中的一些人，母亲是不"送亲"的。这王家"送亲"的，男的是王秋菊的父亲和一个堂兄，女的是王秋菊的一个堂嫂和叶雪梅。

　　上午九点一刻钟，王秋菊拜别了母亲，易文昌牵着她的手就出发了，果然又抢先走在前面。

　　易家的婚宴办得丰盛，出了十大碗菜肴，酒席吃了一个半钟头才散席。

　　按照习俗，男"亲客"当天下午回家，女"亲客"留宿第二天才回家。吃完午宴后，王恩公和他的堂侄儿回家了，叶雪梅和堂嫂留下了。

　　这天下午空闲了，叶雪梅和堂嫂就在易家院子里走动参观房屋。这易家有一座正屋，右边有横屋三间，做厨房和杂屋，左边有横屋三间，做客房，还砌了围墙，修了大门。房屋都是砖木结构，砖是泥砖，木是杉木。这样的房屋院落，在当时的农村要算第一流的了。叶雪梅心想她的秋菊妹子有这样的房屋居住，应该心满意足了。叶雪梅又携堂嫂走出大门到外面看了看。这易家宅院背后是座大山，长有树木，前面是一片宽阔平坦的稻田，还有一条小河。叶雪梅看到这青山绿水的风光，甚为慰藉，心想她的秋菊妹子生活在这样的环境中真有福气。

　　这天夜晚，王秋菊的婆婆很客气地拿出了茶果招待女亲客，吃了茶果，叶雪梅和堂嫂说要去陪陪王秋菊，那婆婆让堂嫂一人去，让叶雪梅留下。叶雪梅的长相和言谈，都令婆婆十分欣赏，她要跟叶雪梅攀谈攀谈。而叶雪梅也正有意和婆婆谈谈，了解她的为人。

　　婆婆问叶雪梅："你这个又漂亮又开通的好姑娘，有婆家了吗?"

　　叶雪梅心里像刀割了一下，说："有了，谢谢婆婆的关心!"

　　婆婆好羡慕地说："你那婆婆好有福气啊!"

　　"您高看我了!"她不愿让婆婆再问她了，就赶快说："亲家母，我秋菊妹妹比我好，您好有福气啊!"

　　"是的，我知道秋菊温柔能干有孝心，我也有福气!"

　　"您一脸福相，八字好，有几个儿女呀?"

　　"八字好谈不上。我先生了三个女，最后才生了一个仔。"

　　"您三位千金都成家了吧!"

　　"都嫁出去了!"

　　"都过得好吧!"

　　"都在农村，靠出工拿工分过日子。"

　　"能平平安安就好了呀!"

　　"平安还平安，都生了小孩。我有三个外孙和两个外孙女了哟!"

　　"您真八字好呀!"

　　"你讲得好哟!"

　　叶雪梅懂得一个家庭和睦融洽，婆媳的关系是关键，她说："您三个女儿都有婆婆吧!"

　　"都有，都有。"婆婆赶快回答。

"您女儿与婆婆都相处得很好吧！"叶雪梅又发问。

"有两个和婆婆相处得好，有一个与婆婆有些隔阂，不融洽。"婆婆毫不隐瞒地说。

"这过日子，婆媳都要会想，要大度，相互尊重，相互包容啊！"叶雪梅说。

"是呀，是呀，你说得好。"婆婆满脸悦色，高兴地说，"做婆婆的要爱护儿媳妇，做儿媳妇的要孝敬婆婆，遇事要多替对方想想，就什么事都没有了！"

"您说得太好了！"叶雪梅赞扬说，"我秋菊妹妹得到您这个贤惠的好婆婆，她命好哟！"

"我想清楚了，要做这样的婆婆。"婆婆高兴地说，"从今以后，我把家里的担子放下，不挑了，要秋菊挑起，让她当家，我吃点闲饭，享点清福！"

"亲家母，您真是高人，想得好，会做婆婆！"叶雪梅由衷赞叹说。

这场交谈，婆婆得到了叶雪梅的赞扬，心里很满足，很惬意；而叶雪梅也得知婆婆明理豁达，为王秋菊得到了一个好婆婆而兴奋不已。

交谈结束后，叶雪梅和堂嫂进房就寝。叶雪梅睡在床上，想起王秋菊洞房花烛夜的甜蜜，联想到周冰松若不罹难，她也会有风花雪月时，不禁潸然泪下，痛苦万分，无法入睡，听到雄鸡一遍又一遍啼鸣。直至四更，她一合上眼，就梦见周冰松向她快步走来，说："我们也结婚吧！"她赶快向前走去，却不见周冰松的身影了。醒来后，她万箭穿心，疼痛不止。

天亮了，新的一天来到了。这是王秋菊结婚的第二天，照习俗她要携夫君回娘家拜谢父母，这叫"回门"。吃了早饭，叶雪梅和堂嫂陪同王秋菊夫妇一起回王家。吃了中饭，王秋菊夫妇返回易家了。这也是习俗，是不能在娘家留宿的。叶雪梅虑及王秋菊出嫁不在家了，剩下义父义母两人在家，她就留在王家，陪了义父义母三天才回家。

五十五

叶雪梅出门六天，回到家里，得知刘大元六十六岁的父亲突发心肌梗塞过世了。

原先刘大元母亲肝硬化腹水严重到不能自理，是刘大元父亲伺候她的。如今，刘大元父亲不在了，谁伺候她呢？这事生产队不能不管，生产队孙长根队长召开队委会，研究伺候刘大元母亲的事。大家一致认为生产队应该派一名女社员伺候她。大家还想到伺候这样一个瘫痪在床上不能自理的人，需要给她洗脸洗身，喂水喂饭，倒屎倒尿，若大小便失禁，还要给她换洗。这些事是够累够脏的，谁愿意干呢？于是队委会做出决定，给伺候者的工分翻一番。女社员出一天工是 7 分，这翻一番就是 14 分，这样定会有人干了。

孙长根队长召开女社员会，先说刘大元的母亲病重瘫痪在床，无亲人伺候，怪可怜的，大家要有同情怜悯之心；然后，他说生产队决定派一名女社员伺候她，考虑到伺候不能自理的病人是又累又脏的，队委会研究决定给伺候人的工分翻一番，就是一天记 14 分，比男劳力一天的工分多 4 分；最后，他要大家自愿报名。他满以为工分翻了倍，定会有人争着报名，他要选最先报名的。谁知没有一个人报名。于是，孙队长又说了一顿要有怜悯之心的话，然后大声说："这样吧，我做主给伺候的人一天的工分加到15分，谁愿干?"会场还是鸦雀无声，没有一位站出来的。孙队长没办法了，就先散会，说叫大家回去再想一想，谁想好了愿意干就告诉他。

时间过了两天，叶雪梅回家了，还是没有人报名。叶雪梅对刘大元恨之入骨，尽管她同意刘大元也是受害者的观点，但她对刘大元的仇恨依然未减半分。不过，善良明理的她认为不能因恨刘大元而牵恨他的娘。她那年看见刘大元的父母鸭步鹅行状上山给儿子烧团年纸，就觉得这失去唯一儿子的两个老人太可怜，心生了怜悯之情。刘大元的母亲姓张，叶雪梅依然叫她张大娘，从未做出仇恨的脸色给她看。经过深思，叶雪梅决定伺候张大娘。

叶雪梅把她的决定告诉了爸妈和琴妈，她们感到十分意外之后，都赞同了她。

妈妈说："雪梅，我没想到你会愿意伺候刘大元的娘！你不记仇恨，我不反对。"

琴妈说："雪梅，我没想到你这么宽宏大度！"

父亲说："雪梅，我为你做出这个决定感到诧异之余，更感到自豪！"

叶雪梅得到了父母的赞同，心里很高兴，立即告诉孙队长，说她愿意伺候张大娘，她还说："长根叔，我伺候张大娘不是为了多得工分，我不要翻倍的工分。"

孙队长听到叶雪梅自愿伺候张大娘，他的难题破解了，重负脱肩了，不知有多高兴，不知怎样感谢叶雪梅。他又听到叶雪梅不要工分翻倍的话，更不知该怎样赞扬叶雪梅的为人。

全生产队的人知道叶雪梅自愿伺候刘大元的娘，无不诧异，无不赞叹，无不心潮澎湃。

叶雪梅走到张大娘的床边，面带笑容诚恳地说："张大娘，让我来伺候您，好吗？"

张大娘不相信自己的耳朵，以为听错了，说："雪梅，你说什么？"

叶雪梅莞尔而笑，大声恳切地说："张大娘，我来伺候您，好不好呀？"

张大娘听清了叶雪梅的话，眼泪一涌而出，说："我家罪大恶极，你来看我一眼，喊我一声，就够了啊！我怎能要你伺候我呀！不行，我是极恶不赦之人的娘，怎能要你伺候！"

叶雪梅赶快说："张大娘，您是您，儿子是儿子，您没有什么罪过。您有病，伺候您是应该的。您不要有顾虑，您放心，我会一心一意伺候您的！"

"不行啊，哪能行！"张大娘求情似地说。

叶雪梅讲了好多话，张大娘还是说自己没有资格要她伺候。于是，叶雪梅只好把孙队长喊来做张大娘的思想工作。孙队长不厌其烦，费了好多口舌，张大娘才松口答应，流着感激的热泪说："好，我答应。世上怎么有雪梅这样的好人呀！"她停了一下，抽泣说："雪梅，我老头子的丧事是你父亲主持办的，我那罪孽深重的儿子的后事也是你父亲主持办的。你叶家对我家恩深德重啊！"

"谈不上什么恩和德，都是应该做的。"叶雪梅说，"张大娘，从今天起，我就在您身边伺候您了，我一定要您满意的。"

自这一天起，叶雪梅就开始悉心伺候张大娘了。白天，她给张大娘倒屎倒尿，穿衣洗衣，洗脸洗身，喂水喂饭，按摩手脚。她还想扎扎银针，但她不知张大娘的病能不能扎，就没有扎。夜晚，叶雪梅要她妈同她一起陪张大娘睡在一间房里，叶雪梅需要递茶水给张大娘喝，给张大娘接倒大小便。张大娘一夜中要这样要那样，叶雪梅总是服侍在她身边，尽量使她如愿，使她称心。

张大娘曾到县人民医院看病，医师给她做了检查，说她肝硬化腹水严重之至，医师无能为力了，没收她住院。叶雪梅心想，西医不能治，也许中医能治呢。她想到了为琴妈和王伯母治了病的罗老中医，想请罗老中医给张大娘看看病。

叶雪梅对孙队长说："长根叔，我想请罗老中医给张大娘看看病。"

孙队长说："雪梅，你心肠好，想请罗老中医给大元娘看病，我很感动。但是，县人民医院的医生已经明确说了她的病无法治了，罗老中医也是没办法的了，不必去请了。"

"长根叔，西医不能治，也许中医能治，我还是想请罗老中医给张大娘看看病。"叶雪梅请求说。

"有些病西医说治不好了，中医却治好了，有这样的事例。但是，大元娘肝硬化严重腹水了，中医也奈不何了！"孙队长说。

"长根叔，你讲的是对的，但我还是放心不下。"叶雪梅动情地说，"我想，万一中医能治好，或者能使她多活一些日子，而我没有去请，这不是一大遗憾吗？"

"雪梅，我怎么说呢！我说你的心是金子做的，太好了！"孙队长感叹道。

　　"长根叔，你别夸我。"叶雪梅恳求说，"你就让我去请罗老中医吧！吃了他开的药治不好了，我就到了黄河边也无遗憾了！"

　　"好吧，你去请吧！"孙队长的话里饱含感佩之情。

　　叶雪梅立即到公社卫生院请来了罗老中医，可是，张大娘知道自己的病治不好了，不愿看病了，叶雪梅只好绞尽脑计劝她看病。她讲得口燥唇干，也许这些活调动出了张大娘那"宁愿世上挨，不愿土里埋"的求生欲了吧，终于答应看病了。罗老中医认真地望闻问切后，把叶雪梅叫到门外说"不必吃药了，准备后事吧！"叶雪梅听到这话心里很难过，眼里有了泪水，想了想对罗老中医说："您还是开一个药方吧，吃了您开的药治不好了，我才无疚无憾了！"罗老中医早就知道叶雪梅宅心仁厚，所以开了一个药方。

　　叶雪梅要到公社卫生院去买药，可是张大娘不让她去，说吃药无用了。

　　"张大娘，您怎么知道吃药无用了呢？"

　　"罗老中医告诉我的哟！"

　　"我没有看见罗老中医这样对您说呀！"

　　"我还没糊涂，罗老中医为什么不当着我的面说我的病，而把你喊到外面去说我的病，这不是告诉我了，我的病无法医治，不用吃药了吗？"

　　"您想多了，他不是说你的病。"

　　"雪梅，我心里明白，你不用说了。"

　　叶雪梅还是瞒着张大娘，跑到公社卫生院，用自己的钱买了两剂罗老中医开的药回来熬给张大娘吃。

　　张大娘不愿吃药了，她说："雪梅，我这病大家都知道无法治了，你何必花钱买药给我吃呢？瞎子点灯白费蜡啊！"

叶雪梅说："张大娘，我希望您吃了药出现奇迹，病好起来。"

"不能好了，不能好了，没有奇迹出现了！"张大娘绝望地说。

"张大娘，您吃药吧！"叶雪梅恳求说，"你吃了药，我才甘心，我求您了！"

"唉呀，你这么说，我就吃吧！"张大娘很激动地说，"雪梅，我懂你的好心，谢谢你啊！"

张大娘吃了两剂中药无效，叶雪梅没早没晚地伺候了她26天，过世了。临终时，张大娘用手抓着叶雪梅的手，眼泪长流，叶雪梅嚎啕大哭。

五十六

自1966年起大学停止了招收新生，直至1972年实行群众推荐上大学。被推荐者的条件是必须当过3年以上的工人、农民和士兵，入校后称之为"工农兵大学生"。

这一消息传开，1966年、1967年和1968年高中毕业被称之为"老三届"的学生，谁不想被推荐？大家都四处活动，以求推荐。

叶雪梅是1966年高中毕业的学生，已经当了6年农民。她积极参加生产队的劳动，为人善良、忠厚、有爱心。她伺候了王神医，特别是她自愿伺候冤家对头病母的事，不胫而走，广为人知，有口皆碑。而她的家庭成分是贫农，又是军属。当然，也有人说美中不足，她的阶级觉悟有些问题。

公社领导干部开会讨论研究推荐上大学的人选，大家一致同意推荐叶雪梅上大学。于是，公社一位领导和江边大队的党支部书记前来叶雪梅家送推荐表。叶雪梅不在家，是她的父母接待这两位领导的。叶运鸿夫妇得知这两位领导是送推荐表让女儿上大学的，欢天喜地，高兴极了。叶运鸿留二位吃中饭，蒋雅云把家里唯一的一只老母鸡杀了款待。

这餐中饭客主双方吃得都十分开心。主人是招待送推荐表让女儿上大学的领导，自然十分开心，热情之至地招待，不停地劝喝酒劝吃菜，恨不得将那碗鸡肉全夹到客人的碗里；客人受到主人如此的热情款待，当然也十分开心。

吃完中饭，叶雪梅回到了家里，那位公社领导把推荐她上大学的好消息告诉了她，大队党支部书记祝贺她。

叶雪梅很有礼貌地面带笑容，想了一下，说："感谢领导对我的重视，对我的关心，不过现在想上大学的'老三届'学生太多了，大家都迫切地想被推荐上大学，这个机会我还是让出来给别人好了，何况我哥哥参军在外，我要在家里照顾父母——"

那位有些醉意的公社领导打断叶雪梅的话，大声说："叶雪梅，你不要说了，你说把这个推荐上大学的机会让给别人，这是毫不利己专门利人的好思想。你说你哥哥在部队里，你要留在家里照顾父母，这是有孝心，凭你说出这样的话，我就要推荐你，我就要你上大学。你这样的人不推荐，推荐什么人？你这样的人不上大学，什么人上大学？"他一说完，就将推荐表递给叶运鸿，要他叫女儿填好上交，就兴致勃勃地拉着大队党支部书记走了。

两位领导走后，叶运鸿心花怒放地对叶雪梅说："女儿呀，我家走运了，你要上大学了！你真有涵养，还要说让别人上大学自己在家尽孝的话!"

"爸,我不是说谦让的假话,我是真心要让别人被推荐上大学,自己在家照顾你,照顾妈,照顾琴妈!"叶雪梅说。

"你不要说这种蠢话!机不可失,时不再来,你懂吗?你表现好,群众推荐你,你应该去,你必须去!你去之无愧,当仁不让!"叶运鸿很坚决地说。

"爸,我是认真考虑了的,我不愿被推荐上大学!"叶雪梅恳切地说。

"我的好女儿呀,你怎么不愿上大学呢?"蒋雅云从卧室走出来对叶雪梅说。

"妈,我想好了,一则现在想上大学的人太多了,我愿让别人去;再则,哥哥参军不在家,我要在家照顾你们,孝敬你们!"叶雪梅诚恳地说。

"雪梅,你要想好!过了这个村,没有这个店,这个机会绝不能放弃!"蒋雅云发命令似地说。

"妈,我确实不想要这个机会,我不想上大学,我求你别劝我了,好吗!"叶雪梅恳求道。

"你求我,我拜你好不好?这个机会一定要抓住不放,没有商量的余地!"蒋雅云大发脾气地说。

"雅云,你别着急,不要生气,有话慢慢说。"蒋秀琴听到了叶雪梅和父母的对话,走过来对蒋雅云说。接着,她对叶雪梅说:"雪梅,我知道了你被推荐上大学,心里不知有多高兴。这是求之不得的好事,你爸妈说的是对的,是为你的前途理想着想。我也是赞同你上大学深造的。"

"琴妈，我不能离开家里，我要照顾你们，我要孝敬你们，你们要理解我！"叶雪梅说。

"雪梅，你读了大学，将来有了好的工作，有了高工资，不是能更好地孝敬我们吗？"蒋秀琴开导道。

"雪梅，我也正是这样想的。"叶运鸿说。

"我难道不是这样想的吗？"蒋雅云还在生气。

"雪梅，你进了大学，住在繁华的大城市里，能开阔眼界，见多识广，能与众多的同学好友生活在一起，商讨研究学问，那该多好呀！"

叶雪梅听了蒋秀琴的这番话，哭起来了，她说："琴妈，你的意思是我进了大学，在繁华的大城市里，眼界开阔了，见多识广了，交到众多的好友，接触到众多的青年才俊，眼花缭乱了，乐不思蜀了，忘却你的儿子了，追求新的生活了，是不是啊！我的琴妈妈，你是不是这样想的？"

叶雪梅一针见血，说中了琴妈妈的心思。其实，叶运鸿夫妇极力劝她上大学，也隐藏着这一层意思，他们都不愿看到女儿在家孤身到老啊！听到女儿捅破窗户纸的话，他俩默默不语，眼里有了泪水。

"爸妈，我知道你俩劝我上大学也有这层深意。"叶雪梅求情说，"爸妈，琴妈，我不愿被推荐上大学，一是让名额给别人，二是为了在你们的身边照顾你们，三是冰松离我而去了，我万念俱灰。我不想读大学深造成名成家，你们看如今多少名人专家，也不名不家了！我不想结交高朋良友，也不想结识才俊名流。我心田里有冰松，就装不下别人了；我脑海有冰松，就不思念别人了；我眼

179

里有冰松，就看不见别人了。总而言之，我绝不会移情别恋的。爸妈，琴妈，请你们理解我、懂我，不要再为难我了！"

那年叶雪梅拒绝人品、相貌、才华三全和职业闪光的飞行员刘逸飞，叶运鸿夫妇和蒋秀琴还记忆犹新，但是他们以为随着岁月的流逝，叶雪梅的思想感情也会有所改变，对周冰松的思念会逐渐淡化的。谁知他们想错了，叶雪梅的情感至今依然如故。听了叶雪梅的这一席话，他们沉默不言，不再白费口舌了。他们深知叶雪梅的笃情真爱坚如磐石，真是撼山易，撼叶雪梅的情感难啊！

叶雪梅将那张推荐上大学的表交给了江边大队党支部书记，谢绝了推荐。

五十七

"四人帮"终于被打倒了，人心大快，叶雪梅想到可将她干爷爷王神医的墓碑立起来了，她的父亲叶运鸿也说是时候竖立了。于是，叶雪梅跑到王神医生产队去找王队长商量。王队长不但同意将王神医的墓碑竖立起来，还说将王神医的遗产卖掉，请石匠师傅将石头錾出一块块方形的石料，再在这些石料上錾出一些花鸟走兽的图案，然后将这些预制的石料运去，把坟墓围起来。这俗称"罗圹"，过去富贵之家的坟墓都修建了罗圹。叶雪梅听王队长说要给王神医的坟墓修建罗圹，非常高兴，立即要王队长去请原先给王神医錾石碑的石匠师傅备石料，修罗圹。

预制的石料錾好了，择了一个晴天，给王神医竖立石碑和修建罗圹。这天，叶运鸿父女俩连同王队长、何主任以及运砌石料的人，一起前往王神医的坟山。这事预先告诉了秋花老人和她那堂侄儿的。当叶运鸿他们走到坟山时，秋花老人和她那堂侄儿早就到了坟前。

叶运鸿和王队长两人立即指导竖石碑和砌罗圹。经过两个多小时的努力，石碑竖立起来了，罗圹也砌好了。那埋在土里的石碑挖出来后，叶运鸿用水清洗得干干净净，石碑上錾好的字里面没有一点泥土，叶雪梅填上了红油漆。那高5.5尺宽2.5尺的石碑直立着，显得庄严肃穆。那石罗圹也砌得很好。那个石匠师傅功夫好，錾出的花鸟走兽活灵活现，特别是那一对戏水的鸳鸯錾得精妙，更令人悦目赏心。

秋花老人依然身体强健硬朗，她看到石罗圹和墓碑，喜极而泪，目视坟墓，大声说："姐姐，姐夫，你俩看到了吗？今天把你俩的墓碑竖立起来了，还给你俩砌了石罗圹，你俩应该幸福美满了。你俩在生未成连理枝，如今在九泉之下可以快乐地比翼双飞了！"

叶运鸿和王队长在墓前敬了酒肴，烧了冥钱。叶运鸿凝视着坟墓恭敬地说："王神医，郑春花老人，今天我们终于将你俩的墓碑竖立起来了，王队长还请石匠师傅给你俩建造了石罗圹，我想你俩定是很满意很高兴的。敬祝你俩在阴间和美幸福地生活吧！"

叶雪梅看到那罗圹上錾的鸳鸯戏水的图形，看到那石碑上刻的"今生未能成连理，但愿来世比翼飞"的文字，听到秋花老人和他父亲讲的话，她联想到周冰松，似乎有箭穿心，疼痛不止。她想她和冰松这一生也未成连理枝，也只待来世比翼飞了，不禁泪水长流，在坟前失声痛哭了起来。

秋花老人以为叶雪梅为她的干爷爷伤心哭泣，立即劝慰说："雪梅，我的好干外孙女，我听人说你干爷爷患重病时，你把他接到你家里尽心尽意伺候了二十个白天和黑夜。你干爷爷过世后，你们完成了他求和葬、立墓碑的托付。今天你们将这石碑竖立起来了，还砌了石罗圹。你比亲孙女强十倍，强百倍！你不要哭了，不要哭了！"

何小娜主任也以为叶雪梅哭干爷爷，拉着她的手，劝说："雪梅，刚才秋花姨奶奶说得好，你实在对得起你的干爷爷了，世上没有你这样的干孙女呀！世上也没有能做到你这样的亲孙女啊！"

王队长也要去劝叶雪梅不要哭了，叶运鸿拉住他，对他说："让她哭吧，哭出来好一些！"接着，叶运鸿叹了一口气，眼里也有泪水了。在这里，只有他知道女儿为何伤心而哭，只有他知道女儿心中有一个伤口永远无法愈合。

时间到了中午，该吃中餐了，叶雪梅才停止了哭泣。

这天中午办了三桌酒席。叶雪梅和何主任陪着秋花老人和堂侄一家人坐了一桌，另两桌坐的是运石料砌罗圹和竖石碑的人，还邀请了郑家生产队队长入座。叶运鸿陪一桌，王队长陪一桌。这餐酒肴丰盛，大家吃得都很满意。

吃了中餐，叶雪梅和何主任陪秋花老人回家。叶雪梅买了两斤糖果送给秋花老人，秋花老人说："我的干外孙女，你还要多礼买东西给我呀！你第一次来买了白糖给我，我还记得，那时候难买到白糖哟！"

叶雪梅说："干姨奶奶，您才多礼呢，那次您留我和何主任吃了中饭，我们记忆犹新！"

"那时候，没有好菜招待你俩啊！"秋花老人有点遗憾地说。

临别时，叶雪梅抱着秋花老人说："干姨奶奶，您多保重，多保重！"

五十八

改革开放的春风吹进了瑶山。这日，庞然的瑶山中一条斗折蛇行的小道上，有一人孑然而行。他约而立之年，尽管须发似两月未曾剪理，有蓬头垢面之状，却依然难掩其伟岸英俊之态。他在瑶山一家寄居已有十来个春秋，如一冻僵冬眠之生灵，幸得拨乱反正改革开放的强劲春风才得以温暖苏醒，今日下了一百二十个决心，瞒着主人盘来福夫妇，只告知其女儿盘丽花，第一次下山外出。

他心中痛苦茫然，欲哭无泪，步履沉重，走走停停，停停走走，花了五六个小时才走到山脚。他坐在树苑上歇息，拿出带的瑶家麦粑充饥。他吃了麦粑，喝了山泉，起程又走。他的心中依然痛苦茫然，步履沉重，走走停停，直到半下午才走到潇江的盼夫石处。

此人是何人？他就是江边大队的周冰松。他曾被绳索捆绑了手脚，在特大的狂风暴雨中像抛石头一般抛到了柳河之中，叶雪梅和父亲叶运鸿都沿河寻找了，不见踪影。这个大家都以为已溺死了的人，不知怎的今日现身在此。

盼夫石的凄美传说，小时候叶雪梅讲给他听了，他还多次同叶雪梅玩耍到此。仰望盼夫石，他止不住涕泪滂沱。他推想当年，叶雪梅一定寻他到此，不见他的踪影，无疑痛不欲生。那是什么情

冰雪情缘

——BINGXUE QINGYUAN

景啊！

他在盼夫石处静坐落泪许久，又迈着沉重的步伐慢慢前行。

他来到了柳河汇入潇江之处，又坐了下来。夕阳西下，炊烟升腾，江面水汽蒙蒙。他突然想到了崔颢的《黄鹤楼》，"日暮乡关何处是，烟波江上使人愁"，尾联两句更是他此刻心境的写照。他的心里愁苦不堪，矛盾重重。家乡，那生长于斯的地方，他归心似箭；家乡，又是他肝肠寸断的地方，他不愿再睹。他沉思良久，想到父母罹难后，忠厚重情的叶运鸿大伯定会收尸埋葬了的，他回去见不到父母的容颜了，但总可以见到父母那杂草丛生的坟堆吧！他更想到在瑶山中，他曾数十回、数百回在梦中聚首的叶雪梅，今日还不去见面吗？思来想去，他下定了决心，向他的家乡江边大队走去。

夜幕降落了，他进了村，见他那熟悉的家中亮着灯，就直奔进去。在灯光的照耀下，他见到了母亲的身影。他以为母亲同样被处决了，早已不在人世，怎么又见到她呢？他不顾那是人还是魂，泪如泉涌，大喊了一声"妈"。蒋秀琴瞥见了他，分明识出那是自己的儿子，不管是不是幻觉，起步奔过去，母子紧抱在一起。母亲不住地呼喊"儿呀，儿呀……"，儿子不住地呼喊"妈呀，妈呀……"。叶雪梅正在洗澡，惊闻呼喊声，惊愕不已，急忙穿上衣裳，就跑了出来。她见周冰松母子抱在一起，不管是幻是真，也赶快前去拥抱在一起。隔壁的叶运鸿夫妇闻声也赶过来了，整个屋子里充满了惊，也充满了喜。叶运鸿早就听说了阳人之身是热的，阴魂之体是冷的，就赶紧拉着周冰松的手，发觉是温热的，就放心了。

周冰松是怎么起死回生的呢？又是怎样度过这十来年的呢？大

家急切地想知道。

五十九

　　周冰松说他被绳索捆绑沉入河中，在这生死关头，他竭尽全力，拼命挣扎，绳索奇迹般地全断了。他本来水性很好，是可以游上岸的，但大雨滂沱，河水暴涨，波涛汹涌，他无法控制，只得随波前行，后来就不省人事了。不知是波浪的冲力，还是他自己的力量，他停落在一河滩上。幸有一好心人发现，将他救回去，然后让其瑶山亲戚抬到了瑶山。

　　周冰松生还，似有神助，捆绑他的绳索断了。其实是因为捆绑他的绳索是父亲周有为买收存了多年的绳索，而这种绳索收存几年后，虽然颜色如初，似崭新的一样，但实质早已老化无拉力了。叶运鸿知道曾有人用这种置放多年的绳索套身悬空作业，结果绳断身亡。他感慨万千，这种容易害人出事的绳索，却救了周冰松的命。

　　周冰松被抬进的那座瑶山浩大，与世隔绝，居住瑶族十来家，人口不上一百，山中林木繁茂，土地肥沃，泉水清冽。瑶民男耕女织，基本上过着自给自足的生活。此山瑶人不知何故，生育总是多女少男，遂常从山下外地招进年轻男儿上门，改其姓名，以女儿许配，使之成家立业，传宗接代。

　　周冰松当年被一好心人救回后，碰巧瑶人盘来福串亲戚来此家，经商定将周冰松抬进瑶山，欲纳为赘婿，改其姓名为盘得宝。

　　周冰松被抬进瑶山治好多处皮外伤之后，先是失忆，过去的一切全忘了。这对盘来福夫妇来说是求之不得的，他们巴不得他忘却过去的一切，好安心在他们家里。但是，事不遂盘来福夫妇之意，过了一年，周冰松的失忆症不知何故自愈了。

然而，周冰松的失忆症好了后，出现了严重的恐怖症。白天，他常突然惊恐失色，哭得死去活来；晚上，常噩梦惊醒，大汗淋漓，气喘吁吁，惊恐万分。这当然是当年其父被处死和他本人被沉河的极度惊吓所致。可是，村中有一巫医婆婆说是神鬼作怪，使之魂不守舍。她"医治"了一整年，周冰松的恐怖症似乎逐渐痊愈了。

这之后，周冰松常忆起他家的遭遇，痛苦万分，心灰意冷，万事皆休，显得呆头呆脑，傻里傻气，似又患上了抑郁症。善良的盘来福夫妇一直把他当作得来之宝，对他的饮食起居无微不至地关怀和照顾，用心去温暖他，用情去愉悦他，千方百计使他开心。周冰松拿起一根竹管用口吹，盘来福度知其意，立即下山买回一根竹笛给他。他摇头，比划要直吹的，盘来福第二天又下山买了直吹的洞箫回来。那乐器铺里的洞箫有价格高的，也有价格低的。盘来福平日用钱是很啬省的，但他这次为了使周冰松遂意高兴，毅然舍得多花钱，买了一管价格最贵的洞箫。周冰松接过洞箫，试吹了一下，这管洞箫的音色比他原先的那管洞箫好多了。他心中非常高兴，喜形于色，很感激盘来福。盘来福见周冰松的脸上出现了平日难有的笑容，欣喜万分。

在没有洞箫之前，周冰松思痛之时，或向隅独坐垂泪，或卧床不起抽泣。自从有了洞箫之后，他思痛之时，就以吹箫释怀。他常到后山含泪吹箫。那旋律是满腔的悲痛所谱出，那箫声是辛酸的泪水所酿成，哀婉凄切之至，树叶为之垂落，山溪为之鸣咽，百鸟为之哀鸣。他本想吹箫释痛，然而，吹箫释痛却更痛。吹完了箫，他仍是满腹悲痛返家。

六十

一次，盘来福从山外收废纸的人手中买了一本书回家，欲作卷喇叭筒旱烟用，周冰松看见了，爱不释手地阅读。见此情形，盘来福赶快下山找到收废纸的人，买回了一担书给周冰松看。这其中竟有不少古今中外的名著，周冰松非常高兴，天天阅读不止。他有感而发，写了"读书熟记是积累知识的路，钻研求索乃获得学问之径"这副对联，贴在书桌对面的墙上。

书是人身的精神营养，书是人生的指路明灯。是书使周冰松穿越历史隧道，惊知司马迁其人。司马迁一片丹心良言，却遭"宫刑"横祸。司马迁最终选择活，他之所以选择活，是先贤、先哲的事迹激励了他，使之树立起了崇高的生死观。他经受了非常人所能忍受的身心痛苦折磨之后，写出了辉煌不朽的《史记》这一历史巨著。遭受家破人亡之灾祸的周冰松，曾多次欲以死解脱，是两千多年前的历史巨人司马迁其人其事，斩断了他欲死的想法，输给了他求生之液，使他这一叶侧畔的沉舟升起了风帆。

他反复在心中默默诵读铭记"昔西伯拘羑里，演《周易》；孔子厄陈蔡，作《春秋》；屈原放逐，著《离骚》；左丘失明，厥有《国语》；孙子膑脚，而论兵法；不韦迁蜀，世传《吕览》；韩非囚秦，《说难》《孤愤》；《诗》三百篇，大抵贤圣发愤之所为作也"等名言佳句，增强了战胜逆境的勇气和力量，人生之路更有了明灯高照。

书是知识学问之源。历史书籍和社会发展著作，使周松冰初知社会发展的客观规律。他懂得了人类社会无论经历怎样的曲折坎坷，但绝不能改变其客观发展的方向和前进的车轮。这揭开了障目的一叶，使他看到了光明，看到了前景，心境更开朗豁然了。

又经过了近一年，周冰松心情舒畅开朗起来了，盘来福夫妇看在眼里，喜在心头。他俩仍然无微不至地关照他，吃穿优先，田间和家里的事都不要他沾手，只要他带比他小十一岁的盘丽花玩耍，其用意是使之"日久生情"。周冰松深知其意，很是为难。因为他心中始终装着叶雪梅，没有任何人的位置。后来，他把盘丽花当作小妹妹，带她玩耍，教她识字、读诗、唱歌。而盘丽花聪慧过人，过目不忘，待她能识几百字和能背几十首古诗词后，周冰松请求盘来福送她到山下的小学读书。盘来福误会是周冰松想要一个有文化的对象，非常高兴地答应了他的请求，立即送女儿盘丽花到山下的小学读书。寒暑假期间，周冰松认真辅导盘丽花学习，这使盘丽花学习进步很快，成绩优异，跳级读完了小学，十五岁考上了初中。初中毕业后，盘来福说周冰松有学问，要盘丽花跟他在家里学习，不要下山读高中了，可以节省开支。其实，盘来福的心思路人皆知，依然是希望周冰松与他的女儿盘丽花在一起日久生情。盘丽花一年年长大了，懂事了，周冰松怕她对他生情，就故意少理发不整容，蓬头垢面。然而，他看得出，蓬头垢面的他并未堵住盘丽花对他的亲近，这常使他忐忑不安。

盘丽花十八岁生日之夜，盘来福夫妇将她和周冰公锁在卧室里。周冰松和盘丽花都知其意。十八岁的盘丽花情窦已开，她对周冰松既敬佩又爱慕，已有心意投怀成亲。她主动地亲近周冰松，周冰松惶恐不安，手足无措。

这瑶山村素有对上门入赘者不问其出身的习俗。周冰松一切情况盘来福夫妇从未问及，盘丽花自然也一无所知。这时，周冰松赶快将他家庭和本人的遭遇讲了出来，特别详尽地讲述了他同叶雪梅的真情实爱。

善良纯洁的盘丽花听了周冰松的讲述后，对周冰松的家庭及本人的遭遇极为同情，更深为周冰松和叶雪梅的真爱感佩不已。然而，她存有私心和幻想，不愿将自己追求的爱情就此拱手放弃。

她对周冰松说："现在到了这步田地，你有什么打算？"

周冰松回答说："海枯石烂心不变，我心中只装着她！"

"如果她心中不装着你了，怎么办？"

"不会的，我了解她，我知道她的心！"

"你就那么了解她，知道她的心？"

"我与她两小无猜，青梅竹马，心心相印！"

问答至此，盘丽花有了"山重水复"之感，但她依然希望"柳暗花明"。她想了想，说："现在山下那么看阶级成分，你出身不好，你愿同她结合，让她受连累吗！"

"我有这个忧虑，我不想连累她，但我知道她不在乎，不怕连累的。"

"如果外力重重，不许你同她结合，你怎么办？"

"果真如此，我要抗争！"

"若抗争无效，怎么办？"

"我将永记她于脑海，绝不移情别恋！"

至此，盘丽花感到山穷水尽了，但她还是希望能见"又一村"。她竭力深思，说："如果她以为你被投江身亡了，嫁给了别人，你怎么办？"

"我想，她不会嫁给别人的！如果她以为我死了，无奈嫁给了别人，我将拥抱她对我的真情实爱而活，独身到老。"

听了周冰松的这句话，盘丽花绝望了。然而，这位寻求良缘的少女心不甘，情不尽。她长长地叹了一口气，冥思苦索，苦索冥思，渴望云开雾散。她说："我申明，我非诅咒，我说的是假若。假若她有不测与你永别了，你怎么办？"

"若真如此，天不成全，我将与其灵魂厮守终生，绝不另娶！"

聪明的盘丽花绞尽脑汁，提出了许许多多的问题，想从中得到一线希望，看到一缕阳光。然而，周冰松的回答使她的一个个幻想都破灭了。她伤心痛苦，泪珠如断线之珠一颗颗掉下。周冰松很想抚慰抚慰她那颗受伤的心，抹去她心中的痛，但他默然，找不到恰当而有效的词句。

盘丽花垂泪许久，拿出手巾揩掉脸上的泪水，痴痴地望着周冰松，恳求地说："哥，你拥抱我一次可以吗？"

周冰松没想到盘丽花提出这一要求，心慌意乱，不知所措。他想了片刻，说："我早就把你当作小妹妹了，哥愿拥抱你一次。"

盘丽花听到此言就扑了过去，抱着周冰松，周冰松用双手拥抱着她，说："哥愿拥抱你这一次，希望能抚慰你受伤的心，抹去你的伤痛。"

这一拥抱使盘丽花热血沸腾，她有着从未得到的幸福，但她的纯洁和善良使她理智地松开了手，说："哥，我理解你，我祝福你！我不能蛮横不讲理，我不能夺人之爱，你我永远是好兄妹吧！"她说得似乎轻松，但泪满眼眶。

周冰松情满胸怀地说："小妹妹，好妹妹，感谢你，你我有兄妹亲情，手足亲情！"

最后，盘丽花请求周冰松保密，不让她父母知道这事伤心生气，到时候再揭晓。

"文革"过去了，改革的春风吹进了瑶山，周冰松才下定决心下山探亲。

六十一

这天吃了中饭，周冰松就同叶雪梅上坟山扫墓。他俩来到周有为的坟前，首先跪拜，然后一边焚烧冥钱，一边垂泪追思。

叶雪梅遥想幼小不懂事之时，总以为她有俩爸俩妈，周有为首先是她的爸，然后才是周冰松的爸。于是，上学报名读书时，她抢先走在周冰松的前面，让周冰松跟着她走在后面；于是，吃油煮粑粑时，她要比周冰松多吃一个；于是，她要调换周冰松那个声音大一些的喇叭。她还想到了周有为教她游泳，教她吹箫，买钢笔给她。回忆起这些珍藏在心中的往事，她心中充满甜蜜。后来，周有为被划为"右派"，弃教从农，被管制，她很少看到他的笑脸了，而后他竟丧命。想起这些，她心中有一腔悲痛的泪。

周冰松想起父亲如山似海的父爱，不禁泪流不止。他在瑶山十年，坐凳哭泣，泪湿衣襟；卧榻哽咽，泪洗床单。他自以为流尽了今生之泪，到此欲哭无泪了，谁知依然泪如泉涌。

叶雪梅和周冰松两人心情沉痛地垂泪焚化冥钱，默默不言。

过了好久，周冰松才说："爸，你得到平反了，可你不在了啊！"

叶雪梅说："冰松，还是节哀吧！"

周冰松说："应该节哀了，不哀了！我们应该懂得不可能总是一帆风顺，难免错失。如今改革开放的强劲东风吹拂神州大地，祖国走上了复兴之路，我们应该振臂欢呼！"

随后，他俩由衷赞颂改革开放。

叶雪梅说："我认为拨乱反正、改革开放、开云见日、扭转乾坤是一场伟大的革命，开创了我中华民族复兴的广阔之路。"

周冰松说："拨乱反正，改革开放，字字千钧，力挽狂澜，功高齐天，功垂千秋万代！"

他俩谈了很长时间，才面向父坟叩拜作别。

临走时，叶雪梅说："冰松，明天我带你去一个地方看看。"她话一出口，泪珠也滚出了眼眶。

周冰松说："你怎么又哭了？明天到哪里去？"

叶雪梅叹了一口气，说："明天你到了那里就知道了。"

六十二

次日吃完早餐，叶雪梅领着周冰松外出。

她俩爬上一座山，来到一个坟前。一见坟堆，叶雪梅抱住周冰松痛哭流泪，伤心不已。周冰松似丈二和尚摸不到头，不知何故。哭泣了好久，叶雪梅才哽咽说："冰松，这是你的衣冠墓啊！"

接着，叶雪梅向周冰松边哭边诉，说她当时找不到他的踪影，万箭穿心，万分痛苦，想到从此再也见不到他了，就决定修建衣冠墓。说想他时，就可以来到墓前，见墓如见人啊！说这墓是她唯一的依托！

周冰松听到叶雪梅的哭诉，痛苦满腔，紧抱着叶雪梅，嚎啕痛哭起来，成了泪人。

痛哭近半小时之久，两人的心情才有了几分平复，互相松开手，坐在坟前。叶雪梅说今日可以挖掉衣冠墓了，周冰松说不挖无妨，还可作个见证，留下一个故事。

随后，两人互诉为时十年的酸甜苦辣。

叶雪梅说了得知周冰松被投江的肝肠寸断，寻踪无踪的投水殉情，王恩公的好心积德搭救，琴妈得病后寻医抢救治疗，飞行员的求婚她拒绝的坚毅和艰难，以及罗老中医和王神医其人其事等。其实她的这十年，蒋秀琴除了建衣冠墓一事未说，其他的已详尽得无一遗漏地告诉了周冰松，

周冰松说了历经失忆、恐怖和抑郁之日，后来饱读群书；详尽地讲了盘家欲纳他为儿，将小他十一岁的女儿盘丽花许配给他为妻，要他带她玩耍，教她读书，以便日久生情，待盘丽花年满十八，将他和盘丽花锁在卧室过夜等。

两人互诉完之后，周冰松感慨地说："你我的遭遇，可以写出一本书！"

接着，周冰松说高尔基写的《童年》《在人间》和《我的大学》是自传体小说，是将他自己人生的经历提炼加工而成的；小仲马写的《茶花女》是以他所熟悉的真人真事为基础，采取纪实的手

法，加上精细的艺术加工而成的；巴金说他写的《家》是一部写实的小说，书中的那些人物都是他爱过或者恨过的，书中那些场面都是他亲眼见过或者亲身经历过的，书中觉慧的性格和他的性格十分相像；艾青写的《大堰河——我的保姆》是那么震撼人们的心灵，是因为他有一个真实的保姆"大叶荷"，他是难产儿，算命先生说他"克父母"，于是一生下来就被送到大叶荷家里去哺养……

一个说得不厌其详，一个也听得不厌其详。

周冰松讲完了他所知的事例后，有些得意地说："我从中悟到了一点门道，要想写出好的作品，一定要有自己的经历或者自己熟知而又感动的人和事做基础，然后经过艺术加工创作。"

叶雪梅高兴地说："这样说来，我们有丰富的写作材料，我们可以写自己和我们所熟悉而感动的人和事。"

"是呀！我们自己的遭遇值得写，我们的父母值得写，你所知道的王恩公、王神医和罗老中医都值得写。"

"还有，你的祖父和曾祖父都是奇人，他俩的勤劳吃苦是别人做不到的，他俩的精明细算是别人想不到的，这都是很好的素材。"

"我们要有信心提笔去写。我们写不出传世之作，但绝不会写出空洞无物的东西，绝不会写出无病呻吟的东西，绝不会写出短命速朽的东西。"

"好吧！我们就做一回初生牛犊，勇敢拿起笔来吧！有一位著名作家说过，作家的本领主要是会想。我们第一次执笔，没有经验，要多想慢写。"

"你讲得好，我们一定要多想想，想好了，才下笔写。"

"你认为，我们写的时候要注意什么？"

"我认为，无论何时何地，人间自有好人在，人间自有真情在。我们要做到'情'满笔端，写出好人的真善美心灵，写出人们相互之间冰清玉洁的真情。"

"对，你说得对。"

接着，他俩详谈了先将想写的人和事都写出来，备足素材，然后再构思谋篇成文。

时至午后，他俩才下山。临走时，周冰松凝视坟堆，百感交集，说："以后，立一块周冰松衣冠墓碑吧！"

六十三

周冰松大难生还的喜讯，叶雪梅写信告诉了王秋菊，要王秋菊转告父母，还叮嘱一定要转告刘逸飞，因为王秋菊告诉她，说刘逸飞一直不恋爱结婚，不知道是不是刘逸飞还在等她。近日，叶雪梅苦思冥想还是要把周冰松带去给义父义母看看，让义父义母为她高兴高兴。她正在这样想的时候，得到了义父做花甲寿宴的消息，便决定同周冰松一起去给义父祝寿。

农历九月十九日是王恩公花甲华诞，叶雪梅和周冰松于九月十八日吃完早饭就去了。他俩想早一天去，好帮忙做点杂七杂八的事。

王秋菊已将周冰松生还的喜讯告诉了父母，当叶雪梅与周冰松走进王家时，王恩公夫妇不用叶雪梅介绍，就知道叶雪梅带来的是何人。他俩欢天喜地，那两双喜眉喜眼把面目清秀、身材高俊的周冰松看了个够，异口同声说："雪梅呀，苍天保佑，现在你俩终于团圆了！"

叶雪梅原以为周冰松罹难了，要守情一生不嫁，孤身终生。王义母为之无限怜悯痛苦，这天见到了周冰松，她开怀大喜，说："今天是我最开心的一天！"

王秋菊携丈夫易文昌回来了。王秋菊一见到叶雪梅就向前走去抱着她，喜极不语而落泪。拥抱了好久，她才揩泪笑着说："雪梅姐，是你感动了阎王，他才把你的心上人还给你的吧！"她说了这句话，转身面见伟岸英俊的周冰松，情感盈盈地说："冰松哥，你知道雪梅姐是怎样思念你的吗？她要为你终生不嫁，蓝天雄鹰她都视而不见，无动于衷；她还要为你尽孝，终生孝敬你的母亲。这一切你知道吗？我原先惋惜你俩有缘无分，痛苦不已；而今你俩有缘有分了，鸾凤和鸣了，我好高兴啊！"王秋菊的这一席话说得叶雪梅内心波涛翻滚，泪水倾盆，而周冰松也泪落不止。

"喜从天降，大家该高兴了！"王恩公说。

"终于珠联璧合了，大家都释怀开心了！"易文昌说。

"大家开心去喝茶，开心去吃水果！"王伯母说。

大家吃了茶果，就开始做一些王恩公寿庆的事了。现在生活一天天好起来了，农村里讨亲嫁女、起屋乔迁、过生日、打三朝（小孩出生第三天办酒席庆祝）都兴办酒席了，于是就出现了专给别人办酒席的一班子厨工。这次王恩公寿庆是请了专办酒席的那班厨工，所以办酒席的事就不需要家里的人做了。

王恩公花甲华诞这一天，天公作美，深秋的天空没有一丝云彩，蔚蓝如洗，灿烂的阳光普照大地。早晨，周冰松和叶雪梅将他写的"周甲欣逢改革开放日，遐龄乐度安稳幸福时"对联贴到大门两边。接着，他俩和王秋菊夫妇一起拜了王恩公的寿。

吃了早餐不久，第一个来的客人是王恩公的外甥刘逸飞。他拜了寿，就同王秋菊、易文昌、叶雪梅、周冰松一个个握手打招呼。王秋菊已把周冰松生还的喜讯告诉了他，在他面前的四人，有三个他认识，那个不认识的人，肯定就是周冰松。

刘逸飞走到周冰松面前故意说："请问你尊姓大名？"

周冰松很有礼貌地回答："卑姓周，小名冰松。"

刘逸飞亲密地将手搭在周冰松的肩膀上，羡慕地说："周老弟，你好有艳福，有一位貌若天仙、心似碧玉的人深深爱着你，胸无杂念，目无他人呀！"

周冰松已知刘逸飞向叶雪梅求婚被拒绝的事，他说："刘兄，你仪表堂堂，人品高洁，文才出众，职业闪光，哪位天资国色不倾心投怀？！"

"我的周老弟，世上就是有人不识货哟！"刘逸飞俏皮地看了叶雪梅一眼而说。

叶雪梅当然知道刘逸飞是说她，她说："那人不是不识货，是心无旁骛，情不转移。"她想到她明确地拒绝了刘逸飞的求婚，而刘逸飞还要白白地等她，不娶别人，就说："世上有个人真是蠢人第一！"

刘逸飞想到叶雪梅当时明知周冰松已经遇难还是不嫁别人，就说："你说那个人有点蠢也可以，但绝不是蠢货第一，他夺不到某人世界第一蠢人的宝座哟！"

王秋菊和易文昌两人只是微笑不语，做看客。

叶雪梅想到刘逸飞这几年来还是默默地等她，不娶别人，耽误了青春，是自己的罪过，就说："你说的那某人是世界第一蠢人，绝不是，那人一点也不蠢。只是那人伤了别人有点罪过，耽误了别人几年青春！"

"那人没有一点罪过，怪不得那人，是人家心甘情愿耽误青春的！"

"人家不怪那人，但那人还是责己，认为有罪过。"

"这就是别人没有唯那人独有的善良，这就是那人令人爱慕的原因啊！"

叶雪梅和刘逸飞的对话，周冰松都听得懂。他觉得他生还了，刘逸飞就不要再浪费青春等待叶雪梅了。他说："刘老兄，故事至此，可以划上句号了吧！"

刘逸飞心知其意，感慨而言："周老弟，谢谢你出来划上这个句号啊！"

这时，王秋菊赶快笑着说："这场谈话也该划上句号了，你们看，来客人了！"

客人不断到来，有些是没邀请闻讯而来的。原来是准备办四桌酒席的，现在多来了两桌客人。好在如今鸡鸭鱼肉容易买到了，只是厨工多劳累一点，吃酒席的时间推迟一点。

十二点一刻钟，六桌酒席开席了。上次王秋菊出嫁的酒席出的是八中碗菜肴，今日王恩公的寿宴酒席出的是十大碗菜肴，改革开放，生活一天天好起来了。王恩公致开席辞，他说："各位亲朋好友，承蒙你们前来给我祝寿，衷心感谢！今日淡酒薄菜，招待不恭，请大家海涵！"王恩公说的这话是他要周冰松告诉他说的。他的接受能力强，记忆力好，没说错一句话。

一位长者站起来对王恩公说："老弟，今日你花甲大寿，祝你福如东海，寿比南山！"在座的客人都站起来，异口同声说："祝您福如东海，寿比南山！"接着，那长者继续说："我到厨房看了一下，今日菜肴丰足，有十大碗，这是过去办不到的，大家就放开肚子饮酒吃菜吧！"酒席吃了一个多钟头，人人满意，个个舒心。

下午，送走了客人，王秋菊夫妇和叶雪梅四人做了清场打扫等事，第二天下午才回去。

六十四

罗老中医治了琴妈妈的病，也医治了王干妈妈的病。她俩能病愈康复，罗老中医的药方是起了关键性作用的。这一点，叶雪梅常记在心中。她常牵挂罗老中医，她想现在太平了，罗老中医应该过上了安宁的日子了吧！叶雪梅决定同周冰松一起去看望罗老中医。

这是初冬的一日，天空湛蓝，阳光灿烂。吃了早饭，叶雪梅和周冰松携手前往罗家村去。他们拿了两斤糖果和两双布棉鞋做礼物。这两双布棉鞋是叶雪梅叫琴妈早就做好的，是给罗老中医和夫人过冬穿的。

叶雪梅和周冰松走到罗老中医家，罗老中医和他的夫人都在家。叶雪梅前来看望，还拿了礼物，罗老中医高兴极了。叶雪梅向罗老中医介绍说她带来的这人就是周冰松。罗老中医又惊又喜，对周冰松说："吉人自有天相，你是怎样脱险的呀！"叶雪梅抢先把周冰松脱险的原因告诉了罗老中医，罗老中医非常开心地说："雪梅，我一直为你痛苦难言，如今好了，太好了，你俩终成眷属了，花好月圆了！"接着，他感叹地说："出人意料的大喜啊！天大的喜事啊！我好开心！"周冰松忙说："感谢您，感谢您！"

叶雪梅见罗老中医的气色比几年前好多了，心里好高兴，对他说："您如今过上安宁的日子了吧！"

"过上了安宁的日子了，过上了安宁的日子了！"罗老中医乐呵呵的。

叶雪梅见罗奶奶进了厨房就没出来，就走到厨房里，见她正在煮菜，就说："罗奶奶，我们来看看您两个老人家就走的，不吃中饭了。"

"今天非吃了中饭不可！"罗奶奶说，"你那次来，不嫌弃吃了一碗红薯汤，我心里好难过的，至今还记得。现在生活好了，今天一定要吃了中饭再走！"

"不麻烦您老人家了，我们不吃中饭了！"

"不行，不行！你俩想得起来看望我们，太讲礼了，不但买了糖果，还特地做了布棉鞋给我们过冬穿，多体贴呀！你俩不吃中饭就走，我不高兴的，我不乐意的！"

叶雪梅见罗奶奶说得那样恳切，只好答应吃了中饭再走。

叶雪梅详细地询问罗老中医现在的生活情况，罗老中医说他那两个女儿嫁的婆家离他家不远，女儿每隔十天半个月就回来看望照顾的。他还很感动地说村里的人对他很关心很照顾。他说他家是到外面挑井水回来吃用的，他还挑得起，但隔壁邻舍的青年人天天给他家挑水，不要他自己挑。

周冰松听罗老中医说是挑井水吃的，就联想到他住了十年的那瑶山人家吃井水，都是用竹筒把井水从外面接到家里来，不需要出外挑的。他问了罗老中医水井的位置在哪里，就和叶雪梅外出找到那水井。他俩看到那口水井就在罗老中医家后背的山上，离罗老中医家不远，地势高于他家的宅基地。于是，周冰松返回来对罗老中医说可以用竹筒把井水连接到家里来，就不需要挑了。罗老中医赞扬了周冰松一番，高兴地说是个好办法，决定要买几根大竹子，请人把竹节一节节通好，安装好，把井水接到家里来，就结束到外面去挑井水吃的日子了。

周冰松说："这是权宜之计，暂时的办法，过几年一定会用上自来水的。"

"能同城市里一样，用上自来水？"罗老中医惊讶地说。

周冰松说："现在搞改革开放，形势多好呀，农村用自来水的日子不远了！"

"改革开放就是好啊！"罗老中医赞叹说。

"改革开放之路是幸福之路！"叶雪梅对罗老中医说，"我告诉您，不仅仅是用自来水，有人说将来走路不用脚——坐汽车，洗衣不用手——有洗衣机，点灯不用油——有电灯，炒菜不烧柴——烧煤气，冷天不烧炭火——有取暖器，热天不用蒲扇——有电风扇，夏天菜不馊——有电冰箱，看戏不出门走路——家里有电视机。您看那该多好呀！"

"那不是做梦吧！"罗老中医感叹说。

"改革开放就是要把梦想变成现实！"叶雪梅兴奋地说。

"改革开放之路是强国富民之路！"周冰松像做总结似地说。

周冰松这话一说完，罗奶奶出来叫大家吃中饭了。

吃了中饭，周冰松突然想起盘来福在收废纸那人家里买回的那一担书中有两本医学书，就对罗老中医说："我看到了《伤寒论》

那本医学书，那是我国传统医学经典书籍吗？"

罗老中医最爱看医学书，听周冰松谈起《伤寒论》，他精神抖擞，话特别多了。他告诉周冰松说《伤寒论》是一本传统医学典籍，生于东汉末年的张仲景是一个著名医学家，被尊称为"医圣"，著有《伤寒杂病论》，后来原书失散，经晋朝的王叔等人收集整理校勘分为《伤寒论》和《金匮要略》。他还说华佗与张仲景是同时代的人，华佗被尊称为"外科圣手"，张仲景被尊称为"内科宗师"。

周冰松对罗老中医说："请问您《伤寒杂病论》是不是我国最早的医学书？"

罗老中医说："我国医学源远流长，《伤寒杂病论》是传统医学四大经典之一，但不是最早的医学书。"他喝了一口茶，继续说："轩辕黄帝才是我国医之始祖，由他开始编写的《黄帝内经》才是我国最早的医学典籍，成书时间是先秦至汉。"

周冰松赞扬罗老中医，说："您说起我国传统医学来如数家珍，真是太熟悉了！"

叶雪梅也赞扬罗老中医，说："您对我国传统医学真是了如指掌呀！"

"谈不上如数家珍，谈不上了如指掌。"罗老中医又呷了一口茶，有些自得地说，"不过，我的确看了不少传统医学书籍，我之所以能开出一些有效的药方，归根于此。"

周冰松自豪地说："我们中国过去出了那么多医学大家，写了那么多医学典籍，真是了不起，是我们中华儿女的骄傲啊！"

"我常常想，为何我国过去能出那么多医学巨子！"罗老中医说，"唐朝出了一个孙思邈，著有《千金要方》，还完成了世界第一部国家药典《唐新本草》，被尊称为'药王'。明朝出了一个李时珍，实在了不起，他走遍中华大地收集药物标本和处方，拜渔夫、樵夫、农民、车夫、药工、捕蛇者为师，参考历代医学等方面书籍925种，考古证今，穷究物理，记录了上千万字的札记，弄清了很多疑难问题，历经27个春秋寒暑，三易其稿，编写出了192万字的《本草纲目》，被后代誉为'药圣'！"

周冰松听了罗老中医这番话，佩服之至，对他说："您真博闻强志，对我国的传统医学名家铭记于心呀！"

这时，叶雪梅插嘴对罗老中医说："您一定收藏了很多传统医学典籍，是吧！"

听到叶雪梅这话，罗老中医的脸上出现了阴云，十分惋惜地说："散失不少，还有一些！"

周冰松对罗老中医说："您散失了哪些医学书呀。"

罗老中医十分苦恼地说："我最心痛的是拿走了我的《伤寒论》和《千金要方》这两本典籍！可惜了啊！"

周冰松听罗老中医这么一说，就想到他在瑶山看到了这两本书，就说："我记得，我在瑶山看到了这两本书。"

罗老中医赶快追问："你怎么有这两本书?"

周冰松说："那是从收废纸的人那里买到的。"

罗老中医无限感叹地说："把那样好的典籍当作废纸，真是把沉香木看成烂柴了啊！无知啊！"

周冰松蹙额想了想，记起那两本书的封面上都写了"罗四维"三个字，他猜想莫非就是罗老中医的书？他低声向叶雪梅问罗老中医的名字，叶雪梅说她也不知道。

叶雪梅对罗老中医说："我们平时总是叫您罗老中医，还不知道您的大名呢，您告诉我们吧！"

罗老中医说："我的名字是我祖父取的。那时候用繁体字，'罗'字上面是'四'字，下面是'维'字，他给我取名'四维'，后来有人叫我罗四维，也有人叫罗罗！"

"真凑巧啊！"周冰松知道了罗老中医就是罗四维，惊喜地对罗老中医说，"我可以完璧归赵，我在瑶山看到的《伤寒论》和《千金要方》那两本书的封面上都有"罗四维"三个字，那不就是您散失的那两本书吗？我一定从瑶山拿回来给您。"

"唉呀，世上哪有这样的巧合！谢天谢地，谢天谢地！"罗老中医兴奋地说，"小周呀，你一定要完璧归赵，一定要记得到瑶山将我那两本宝贝书拿来给我，拜托了！"

叶雪梅为罗老中医视为珍宝的书失而复得，非常高兴，她显出在周冰松面前很有权威的样子，说："罗老，您就放心吧，冰松若不完书归您，我打他五十大板！"

周冰松觉得叶雪梅说打他五十大板的话那是完全把他看成是她的人了，大有受宠若惊之感，便接着说："雪梅，我若不把书归还罗老，你打我一百大板都可以！"接着，他做保证似地说："罗老，我会尽快还书于您，您好从中汲取精华，更好地救死扶伤！"

罗老中医高兴地说："我把救死扶伤看作是上帝叫我来到人间走一趟的使命，不管是谁请我去看病开药方，我没有不去的。我如今有退休金，吃穿用足够了，给人看病开药方，我一不收钱，二不接礼。"

"您真是高风亮节！"叶雪梅赞扬说。

"罗老，我还建议您把自己的经验总结总结，写一本书出来，流传于世！"周冰松说。

罗老中医说："流传于世，我不敢想，但我有出一本医案的夙愿。"

叶雪梅说："罗老，什么叫医案？"

"医案就是记录病症、处方、用药等。"罗老中医说，"说具体一点，就是写出是什么病症，第一次开了什么处方，吃了几剂药，病症有了什么变化；第二次开了什么处方，吃了几剂药，病症又有什么变化。接下去写第三次、第四次，直写到病好为止。"

"这医案非常好，很具体明白，不是医生的看了您的医案，也会看病开药方呢！"周松冰说。

叶雪梅问罗老中医说："这样的医案，您写了多少个了呢？"

罗老中医说："我原先写出了八九十个医案，都被烧了，太可惜了啊！"他叹了一口气，停了片刻，满有信心地说："没关系，我还记得，从头再写出来！"

周冰松说："中医是值得重视的，值得总结提高的。有些病的医治，西医还不如中医呢！"

罗老中医说："西医和中医，各有千秋。如果一个医生中西医都懂就好了。我是学中医的，也学了一些西医，我给人看病往往中西结合用药的。"

叶雪梅对罗老中医说："您精通中医，又初通西医，所以您看病能做到手到病除呀！"

"罗老，像您这样的医生少了啊！"周冰松说，"若培养出精通中西医的医生出来就好了哟！"

叶雪梅看看天色不早了，就对罗老中医说以后再来请教，结束了交谈。离别时，叶雪梅对罗老中医说他治好了琴妈和王义母的病，她是感恩在心的。她祝愿他和罗奶奶生活越来越快乐、幸福，她还亲昵地拥抱了罗奶奶。

六十五

夜幕降下，圆月高挂在银色无云的天空，明媚的月光撒满大地；和风拂煦，温暖着人间。叶运鸿带上了鞭炮、冥钱和酒肴，来到了周有为的坟前。过去他上周有为的坟，选择黑夜，那是因为在那荒诞的岁月里，他要避嫌，不让人知。而今那段岁月过去了，他不要掩人耳目了，他之所以仍然选择夜晚，是为了清静安宁。

周运鸿摆好了酒菜后，焚烧冥钱，大放鞭炮。过去，他上周有为的坟总是偷偷摸摸不能让人知道，他心中憋着一口恶气。今日他放鞭炮是有意要惊动别人，让别人知道他上周有为的坟，出出他憋在心中的那口恶气。

他虔诚地作了三个揖，说："为弟，我来看你了，我带了酒菜来，我陪你喝两杯。我知道你不好酒贪杯，但今日我有好消息告诉你，你无论如何要高兴地喝两杯。来吧，我陪你喝！"他举杯饮酒。

接着他说："为弟，冰松天相，大难不死，你后继有人了，这是特大的喜事。他来看望了你，你已知晓，我还要提及，因为这不仅是你周家的大喜，也是我叶家的大喜。为弟，你要知道，雪梅原以为冰松不在了，她决心终生不嫁，一心一意与她的琴妈妈相依为命，一起生活，替冰松尽孝。她情爱专一和孝顺敬奉老人之心，可嘉可赞，但她要孤然一生，为父的我实在不忍。现在好了，花好月圆了！来吧，你喝一口吧！"他又举杯陪饮。"为弟，如今你得到了平反，你高兴，我也为你高兴。但是想起那些往事，这杯酒我喝不下，你也是不愿喝的，免了吧！"

叶运鸿沉默许久，才接着说："为弟，告诉你，现在实行土地家庭承包了，这不只是你我两家的喜，这是全国农民的大喜！昨天夜晚，生产队开了土地家庭承包会，人人笑逐颜开，喜气洋洋。我散会回家睡在床上，兴奋不已，不能成眠。你是知道的，我读书不多，谈不上为文写诗，但我昨晚上不知为什么，诗兴大发，吟出了八句话。我晓得那算不上是什么诗，但那是我的心里话，我很珍惜，立即起床找到纸和笔，把它写了出来。现在我读给你听听：

春雷一声震天响，土地承包闪金光。

从此走上幸福路，农民开怀喜洋洋。

生产有了积极性，精耕细作大增产。

告别饥饿和贫困，改革大道奔小康。

"为弟，你有学问，你若在世，给我修改一下就好了啊！为弟，我越想越觉得土地家庭承包是了不起的大事，是民富国强的大事，让你我为实行土地家庭承包干一杯吧！这次我喝一满杯，你不能只抿一点点，你起码也要喝半杯啊！"

叶运鸿择其重点讲了这些话后，卷上一根喇叭筒旱烟，敬上坟头，又卷了一根给自己。他说："我知道你不抽烟，但今夜高兴，你就潇洒地抽一回烟吧，我陪你抽。"他把敬上坟头的烟点燃，又把自己的那根烟点燃抽起来。

他兴奋，他欣慰，他把所听到的拨乱反正改革开放的喜人新闻，都一一讲给他到了天国的为弟听，让其分享他的喜悦。

叶运鸿讲了很长时间，到了子夜，他才下山回家。

六十六

十年动乱，高考的大门关闭了，年轻人得不到深造的机会，而国家无法造就人才。恢复高考制度，是拨乱反正的一大举措。

周冰松和叶雪梅得知恢复高考的消息，兴奋极了。这兴奋过后，他俩也深感遗憾，要是没有"文革"，他俩也许考上大学早已是硕士、博士了，如今过了而立之年，还未进大学。他俩还想到他们的同学因没有上大学的机会，待在农村已经结婚生儿育女了。幸好中央从实际出发，决定这次报考大专院校的考生不受年龄和婚姻的限制。

周冰松和叶雪梅都决定参加高考。周冰松告诉叶雪梅说他想让盘丽花也参加高考。因为周冰松把他在盘家的一切情况都告诉了叶雪梅，盘丽花的善良纯洁使叶雪梅感动万分。叶雪梅说："是的，要让这个小妹妹参考，她只读了初中，我俩要尽力指导和帮助她复习备考，一定要让她考上。"叶雪梅想了想，要周冰松把盘丽花接到家里来一起复习备考。

周冰松离开瑶山只对盘丽花讲了，没有告诉盘来福夫妇。周冰松估计盘来福夫妇会急、会恼、会恨，会下瑶山寻找他。其实，盘来福夫妇虽然又急又恼又恨，但没有下瑶山寻找他。为何不下山寻找呢？原来这瑶山人有着信奉"缘"的传统，相信"有缘千里来相会，无缘对面不相逢"。认为有缘的人，骂不走、打不离，跑到了天涯海角也会掉头回家的，而无缘的人，宠着、爱着、关着、锁着，有朝一日还是会离家远走高飞的。盘来福深有这样的"缘识"，再加上盘丽花谎说周冰松是有极重要的事非下山不可，而她俩已有一夜的恩爱深情，周冰松绝不会离她而去不回来的，所以盘来福没下瑶山寻找。这一切周冰松不知道，他很怕回瑶山，但不回瑶山怎么把盘丽花接出来呢？他只好硬着头皮，准备挨骂上了瑶山。他回到盘家，盘来福本想先发一通脾气，再教训一顿，但见女儿盘丽花在周冰松面前做恩爱甜蜜之状，也就没有作声了。后来，他听周冰松说是接女儿下山复习功课参加高考的，心中甚喜，就叫女儿盘丽花同周冰松立即下瑶山。此次，周冰松还顺便将《伤寒论》和《千金要方》带走，归还给了罗老中医。

周冰松把盘丽花接来了，这是叶雪梅第一次见到盘丽花。盘丽花也如叶雪梅一样是个美人胚子，细眉大眼，鹅蛋脸形，身材不高不矮，不瘦不胖。比较起来，少叶雪梅十一岁的盘丽花，身段更显得苗条清秀。而瑶族的特色装扮，更使盘丽花显出瑶家姑娘独有的风韵和魅力。

叶雪梅见到盘丽花，想到周冰松所说的他和盘丽花曾被锁在卧室一夜的事。她非常欣慰，周冰松面对如花似玉的盘丽花，坐怀不乱，毫无移情别恋之心，可见他对她的真爱专情。

盘丽花第一次见到叶雪梅，在她的眼里，叶雪梅秀丽端庄，高雅非凡，深感自惭。她欣喜与叶雪梅相交，如得知己，称其为"梅姐"，形影不离。

在复习备考中，周冰松和叶雪梅把辅导盘丽花摆在第一位，而把自己的复习放在第二位。在他俩无私而精心的辅导下，盘丽花大有长进。

他们三人复习了近一个月，走进了高考的考场。半个月后，他们三人都接到了录取通知，周冰松和叶雪梅考上了师范学院中文系，修业四年；盘丽花考上了师专，修业两年。

六十七

两年后，盘丽花师专毕业，她来信约定日期，要周冰松和叶雪梅到她家去，她在山脚下等他俩一起上瑶山。

这日，周冰松和叶雪梅按约定准时到达了瑶山脚下，迎接他俩的除了盘丽花之外，还有一位素未谋面的男青年。

这男青年身材高大，浓眉大眼，国字脸形，挺拔英武。盘丽花介绍说他叫卿春柳，是她的男朋友，她俩同班学习了两年，情投意合，彼此相爱。至此，周冰松和叶雪梅明白了盘丽花约他俩前来的缘由了。

这四人一起来到了盘来福夫妇面前，他俩感到莫名其妙。盘丽花赶紧介绍，说卿春柳是她的男朋友，叶雪梅是周冰松的女朋友。

盘来福原以为自己的女儿和周冰松同室过夜好上了的，怎么变了卦，出这一场戏了？他瞪眼锁眉，要发脾气了，盘丽花抢先将周冰松一家人的遭遇和他与叶雪梅海枯石烂、坚定不移的冰雪情缘说了出来。善良的盘来福听了，深感同情怜悯。接着，盘丽花亲昵地牵着卿春柳的手，对她的爸妈说："他大我两岁，与我同班学习了两年，我俩志相同，道相合，情相投，深深爱上了彼此！"

盘来福听了女儿这话，看到卿春柳也是一表人才，而年龄比周冰松少九岁，与女儿的年龄更相配，就顺水推舟，对卿春柳说："你情愿上门到我家来吗？"

卿春柳毕恭毕敬地说了一句"我愿意"，眼泪扑簌而出，哭泣说："我的父母死于非命，我是姑奶奶抚养长大的，如今姑奶奶过世了，我已举目无亲、无依无靠、无挂无牵了，丽花的家就是我的家，丽花的爹娘就是我的爹娘！"周冰松与叶雪梅也在旁边听得默默流泪。

盘来福夫妇异口同声地说："好，我俩一定把你当亲生儿子！"

卿春柳立即回应喊了"爸"和"妈"。

随后，盘来福对卿春柳说："给你改个名字好吧！"卿春柳说他不是不愿改名换姓，只是他这"卿春柳"之名已被公认了，大学毕业证上写的是这个名字，即将分配到学校任教也是这个名字，改不动了，请求莫改了。

对于更改姓名，盘来福早有想法。他也是入赘而来，他原来叫孙光先，来瑶山改为了盘来福。山下原来的亲戚朋友都仍然叫他原名"孙光先"，而在瑶山大家叫他"盘来福"，他总感到有些别扭。自己有了切身体会，又想到社会在发展，风俗在变革，就答应了卿春柳的请求，不改其姓名了。

到此，周冰松认为自己应该上场了，他跪拜在盘来福夫妇面前，说："感谢您二位十多年的养育，这养育之恩我会永刻于心，你俩就是我的好干爸干妈，我以后会孝敬的！"盘来福夫妇高兴地扶起周冰松。

叶雪梅也立即对盘来福夫妇行跪拜之礼，说："您二位也是我的好干爸干妈！"爱说笑的盘来福夫人赶快拉起叶雪梅，笑着说："我是你的干妈，那你是我的干女还是干儿媳呀！"她心情好，开玩笑，并不要叶雪梅回答的。大家也深知其意，都哈哈大笑了起来。

2018 年 9 月完稿

2021 年 10 月定稿